KB241714

# 얀 강가의 한가한 나날

Idle Days on the Yann

호르헤 루이스 보르헤스
Jorge Luis Borges 1899~1986

# 바벨의 도서관

성서는 인류의 모든 혼돈의 기원을 바벨이라 명명한다. '바벨의 도서관'은 '혼돈으로서의 세계'에 대한 은유이지만 또한 보르헤스에게 바벨의 도서관은 우주, 영원, 무한, 인류의 수수께끼를 풀 수 있는 암호를 상징한다. 보르헤스는 '모든 책들의 암호임과 동시에 그것들에 대한 완전한 해석인' 단 한 권의 '총체적인' 책에 다가가고자 했고 설레는 마음으로 그런 책과의 조우를 기다렸다.

'바벨의 도서관' 시리즈는 보르헤스가 그런 총체적인 책을 찾아 헤맨 흔적을 담은 여정이다. 장님 호메로스가 기억에만 의지해 《일리아드》를 후세에 남겼듯이 인생의 말년에 암흑의 미궁 속에 팽개쳐진 보르헤스 또한 놀라운 기억력으로 그의 환상의 도서관을 만들고 거기에 서문을 덧붙였다. 여기 보르헤스가 엄선한 스물아홉 권의 작품집은 혼돈(바벨)이 극에 달한 세상에서 인생과 우주의 의미를 찾아 떠나려는 모든 항해자들의 든든한 등대이자 믿을 만한 나침반이 될 것이다.

그는 행동하는 사람이자 군인이었지만,
음유시인의 기질로 행복한 자신의 왕국을 만들었다.
그 왕국이 그에겐 내적 삶의 본질이었다.

호르헤 루이스 보르헤스

† 보르헤스 세계문학 컬렉션 †

# 얀 강가의 한가한 나날

로드 던세이니

정보라 옮김

바다출판사

Lord Dunsany

1878~1957

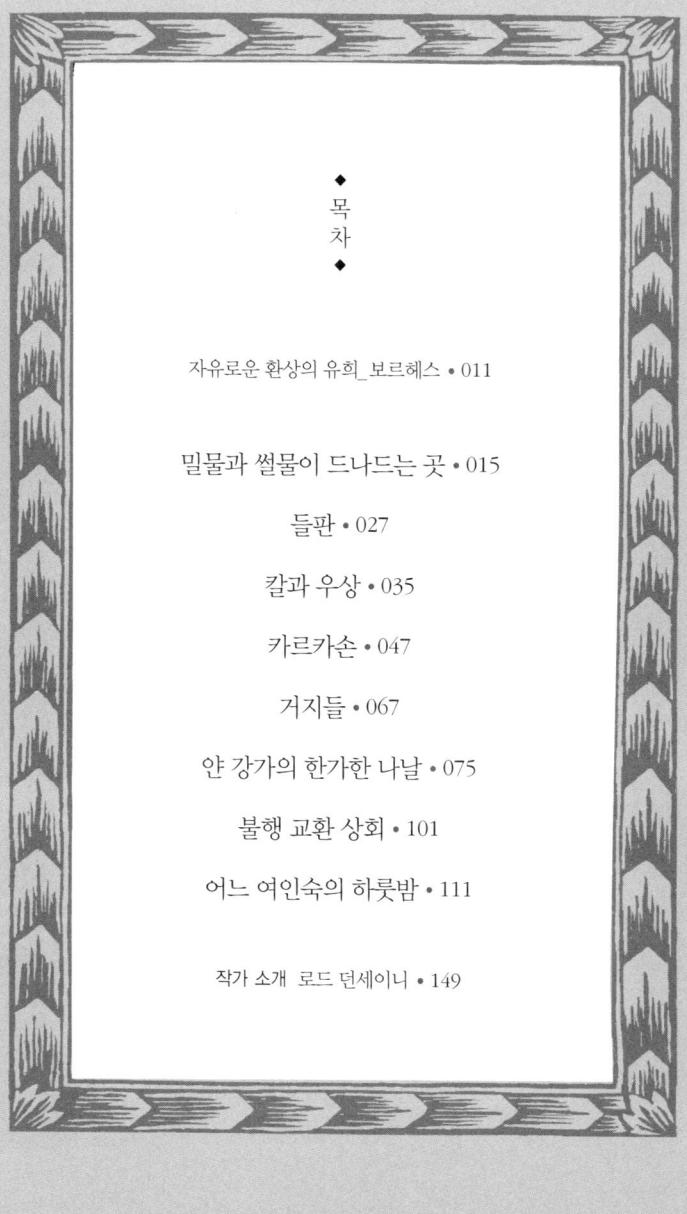

◆
목
차
◆

# 자유로운 환상의 유희

호르헤 루이스 보르헤스

문학은 우주생성론과 신화와 함께 시작된다고 말한다. 로드 던세이니는 《페가나의 신들》과 《시간과 신》에서 그 두 주제를 훌륭하게 시도했다. 던세이니의 우주생성론은 한 세기 앞선 윌리엄 블레이크의 우주생성론과 비교된다. 둘 사이에는 본질적인 차이가 있다. 블레이크의 우주생성론은 스베덴보리에서 시작되어 니체가 이은 윤리학 전반의 쇄신과 일치한다. 반면 로드 던세이니의 우주생성론은 자유로운 환상의 유희다. 던세이니의 다른 작품들도 마찬가지이다.

요란스러운 광고물이 넘쳐 나는 우리 시대가 여전히 로드 던세이니를 모르고 있다는 것은 이상한 일이다. 인명사전과 문학

사가 그를 제외시켰다. 꽤 어렵게 우리는 다음의 정보를 수집할 수 있었다. 아일랜드 사람인 로드 던세이니는 1878년 태어나 1957년 영국에서 죽었다. 열두 살 때 남작 작위를 이어받았다. 그는 군인이었다. 남아프리카에서 복무했고 제1차 세계대전 때는 사자 사냥꾼이었다. 이런 비난받을 만한 경력이 자전적인 그의 작품 속에 담겨 있다. 또한 그는 뛰어난 체스 선수였는데, 체스 때문에 많은 문제를 일으키기도 했다. 또한 훌륭한 크리켓 선수이기도 했다. 그는 강렬하고 풍자적인 시들을 썼지만 논쟁에는 절대 끼어들지 않았다. 그의 모든 작품은 꿈에 기초한다. 영국의 비평가 매슈 아널드는 1867년 켈트 문학의 본질은 자연에 대한 마술적인 감정이라고 말했다. 던세이니의 작품은 이런 주장을 훌륭하게 증명해 준다. 1921년 던세이니는 이렇게 말했다. "나는 내가 본 것은 절대 쓰지 않는다. 내가 꿈꾼 것만을 쓴다."

모든 작가들은 자기도 모르게 두 종류의 작품을 세상에 남긴다. 하나는 수많은 글들, 혹은 걸작들이다. 또 하나는 자신에 대한 이미지이다. 던세이니의 경우, 다소 가벼워 보이는 부자 귀족의 이미지가 그의 수많은 아름다운 글들을 덮어 버렸다.

이 키 크고 마른 신사, 상냥하고 좋은 대화 상대자는 키플링, 무어, 예이츠의 친구였다. 우리는 강연차 미국에 온 던세이니를 만난 페드로 엔리케스 우레냐로 인해 그가 추앙받아 마땅한 작가라는 사실을 알게 됐다.

쇼펜하우어는 신비주의자들과 마찬가지로 삶은 기본적으로 꿈과 같다고 생각했다. 로드 던세이니의 모든 단편들은 몽상가의 것이다. 〈밀물과 썰물이 드나드는 곳〉에서 꿈은 악몽이다. 악몽은 오늘날의 런던에서 시작되어 점점 거대해지며 고독과 진흙탕의 세기들로 투사된다. 무한히 이어지는 세대들은 잔인한 한 가지 사실을 이어받는다. 〈칼과 우상〉에서도 세대가 이어지지만, 이야기는 불확실한 미래가 아닌 먼 과거에서 전개된다. 주인공은 강철 검이다. 〈카르카손〉의 무한한 지연의 메커니즘은 카프카를 예고한다. 시대적 배경은 아서 왕의 대담하고 멋진 모험담처럼 중세이다. 이 작품은 인간 운명에 대한 알레고리로도 읽히며, 다 읽고 나서는 수많은 위업들이 다 쓸데없고 고통스럽다는 느낌을 절절히 받게 된다. 〈얀 강가의 한가한 나날〉은 경이로움이 넘치는 작품이다. 이야기는 영웅들이 항해하는 강물처럼 흘러간다. 조타수의 노래는 물리적 시간을 벗어나 내면의 시간을 밤낮으로 노래한다. 〈들판〉은 이야기가 행복에서 불길한 그림자로 이동하고, 그 안에 어떤 공포가 투사되어 있다. 〈거지들〉의 은밀한 테마는 대도시에서 예기치 않게 발견하게 되는 아름다움이다. 이 이상한 이야기가 주는 놀라움을 깨뜨리지 않기 위해 다른 말은 생략하겠다.

위에서 언급한 작품들은 전설이나 우화의 분위기를 풍긴다. 그러나 그런 느낌은 마지막 두 작품에서는 느껴지지 않는다. 〈불행 교환 상회〉에서 초자연적인 것은 그저 반복되는 일상의 결과물인 듯하다. 〈어느 여인숙의 하룻밤〉은 짧은 희곡이다. 배경은 저속한데 일부러 그런 천한 곳을 택한 것 같다. 환상은 마지막 순간까지 계속되다가 주인공이나 관객 어느 누구도 불행을 예상할 수 없을 때 무섭게 파괴된다.

　모임을 열심히 쫓아다니고 어떤 유파의 우상이 되고 싶어 하는 유명 작가들이나 음모자들이 넘쳐 나는 우리 시대에, 로드 던세이니는 아주 생소한 인물로 보인다. 그는 음유시인의 기질로 꿈에 행복하게 젖어 들었고, 결코 그 꿈에서 나오지 않았다. 그는 행동하는 사람이자 군인이었지만, 행복한 자기 자신의 왕국을 만들었다. 그리고 그 왕국이 그에겐 내적 삶의 본질이었다.

*Jorge Luis Borges*

밀물과 썰물이 드나드는 곳

나는 꿈을 꾸었다. 내가 너무나 끔찍한 짓을 저질러서 죽어서 땅에도 바다에도 묻히지 못하고 지옥에도 나의 자리가 없는 꿈을.

나는 그렇게 될 거라는 걸 알면서 몇 시간을 기다렸다. 그 뒤에 친구들이 찾아왔고, 비밀리에 고대의 의식에 따라 나를 살해한 뒤 큰 초를 켜고 나를 실어 내갔다.

이 모든 일이 일어난 곳은 런던이었다. 그들은 한밤중에 은밀하게 회색 거리를 따라 보잘것없는 집들 사이를 지나 강으로 갔다. 그곳에서는 강과 바다의 밀물과 썰물이 진흙 강둑을 사이에 두고 서로 맞부딪쳤는데, 양쪽 모두 검고 빛으로 가득했다. 눈부신 촛불을 들고 그곳에 가까이 다가선 친구들 눈에 갑작스러운 경이감이 떠올랐다. 나는 이 모든 일을 죽어서 뻣뻣해진 나를 그들이 실어 가는 동안 보았다. 내 영혼은 아직도 내 유골 사이에 있었다. 내 영혼이 갈 지옥이 없었기 때문이고, 또한 기독교식 매장을 거부당했기 때문이다.

그들은 미끈미끈한 초록색 계단을 따라 나를 싣고 내려갔고, 서서히 무시무시한 진흙에 도달했다. 그곳, 버려진 것들의 영토에, 그들은 얕은 무덤을 팠다. 작업을 끝내고 그들은 나를 무덤 속에 눕혔고, 갑자기 촛불을 강으로 던졌다. 물이 촛불을 꺼버리자 조수 위를 흔들리며 떠가는 초는 창백하고 조그마해 보였다. 그 즉시 이 재난의 마력은 사라졌고, 나는 거대한 새벽빛이 다가오는 것을 눈치챘으며, 친구들은 외투를 얼굴 위에 덮고 도망자의 모습으로 엄숙한 행렬을 이루며 은밀하게 빠져나갔다.

그런 후에 진흙이 지친 듯이 다시 돌아와 나의 얼굴만 빼고 전부를 뒤덮었다. 그곳에서 나는 잊혀진 것들, 조수가 더 이상 먼 곳으로 데려가지 않는 떠도는 것들, 쓸모없는 것들, 유실된 것들, 그리고 돌도 흙도 아닌 끔찍하고 부자연스러운 벽돌과 함께 누워 있었다. 나는 감정을 잃어버렸는데, 살해당했기 때문이었다. 그러나 감각과 생각은 나의 불행한 영혼 안에 있었다. 새벽빛이 더 넓어졌으며, 나는 강의 가장자리를 가득 메운 황폐한 집들을 보았다. 인간의 영혼 대신 짐짝만이 쌓여 있는 그 죽은 창문들이 내 죽은 눈을 응시했다. 그 버림받은 것들을 바라보다가 너무 지쳐서 소리치고 싶었지만 그럴 수가 없었다. 나는 죽었기 때문이었다. 그제야 나는 이전에는 한 번도 알지 못했던 것을 알 수 있었다. 떼 지어 모여 있는 그 황폐한 집들도 지난 모든 세월 동안 소리치고 싶어 했으나, 죽었기 때문에 목소리를 잃었다는 사실을. 잊혀져 떠도는 것들도 울 수 있다면 그나마 괜찮았겠지만, 그것들은 눈도 없고 생명도 없었다. 나 또한 울어 보려 했으나, 나의 죽은 눈에는 눈물이 없었다. 강이 우리에게 마음을 써주길, 우리를 어루만져 주길, 우리를 위해 노래해 주기를 바랐지만, 강은 당당한 선박들 외에는 아무것도 생각하지 않고 대담하게 앞으로 나아갈 뿐이었다.

마침내 조수가 강이 하지 않은 일을 해주었다. 조수가 나를 뒤덮어 주자 나의 영혼은 녹색 물속에서 안식을 찾았고, 그것이 바다의 장례식이라며 기뻐했다. 그러나 썰물로 인해 수위는 다시 낮아졌고, 또다시 나는 혼자 냉담한 진흙 속에, 더 이상 떠돌지 못하는 잊혀진 것들 사이에, 황폐한 집들의 풍경과 함께, 이곳에 있는 우리 모두는 다 죽었다는 깨달음과 함께 내버려졌다.

바다에게 버림받은 내 뒤로 녹색 수초가 걸려 있는 음울한 제방 속에서, 흙더미가 쌓이고 쇠창살이 가로막힌 좁고 비밀스러운 통로들이 나타났다. 그곳으로부터 남의 눈을 피해 다니는 시궁쥐들이 내려와서 나를 갉아먹었다. 내 영혼은 이에 기뻐하며 매장을 거부당한 저주받은 유골로부터 자유로워지리라 생각했다. 쥐들은 곧바로 다시 조그만 공간으로 달아나서 자기들끼리 소곤거렸다. 그들은 더 이상 다가오지 않았다. 내가 쥐들에게조차 저주받았다는 사실을 알았을 때 나는 다시 울어 보려 했다.

밀물이 다시 넘실거리며 돌아와 지독한 진흙을 덮어 황폐한 집들을 가렸고, 잊혀진 것들을 위안했다. 내 영혼은 바다의 묘지 안에서 잠시 편안해졌다. 그런 뒤에 밀물은 다시 나를 버렸다.

밀려왔다 밀려가며 조수는 몇 년이나 드나들었다. 그 뒤 군郡의회가 나를 찾아냈고, 합당한 장례식을 치러 주었다. 나는 처음으로 무덤에서 잠들 수 있었다. 바로 그날 밤 친구들이 나를 찾아왔다. 그들은 나를 파내어 다시 진흙 속의 얕은 감옥으로 되돌려 놓았다.

흐르는 세월 동안 몇 번이고 몇 번이고 내 뼈는 매장되었으나, 장례식 뒤에는 언제나 그 무시무시한 친구들 중 하나가 숨어들어 밤이 되자마자 내 뼈를 파내어 다시 진흙 속의 구덩이로 가지고 갔다.

그 뒤 어느 날, 내게 그 끔찍한 짓을 저지른 자들 중 마지막 사람이 죽었다. 나는 그의 영혼이 저물녘에 강 위를 지나가는 소리를 들었다.

그래서 다시 나는 희망을 가졌다.

몇 주가 지나 나는 다시 한 번 발견되었고, 다시 한 번 그 휴식 없는 곳에서 실려 나가 성스러운 땅에 깊이 매장되었으며, 그곳에서 나의 영혼이 안식을 찾기를 바랐다.

그러나 그 즉시 망토를 입고 초를 든 남자들이 나를 다시 진흙에게 돌려주기 위해 찾아왔는데, 왜냐하면 그것이 전통이자 의식이 되었기 때문이었다. 그리고 모든 버려진 것들은 내가 다시 실려 오는 것을 보면서 귀먹은 심장 속에서 나를 비웃었는데, 나만 진흙 속을 떠난 것을 질투했기 때문이다. 내가 울 수 없다는 사실을 기억하라.

그리고 세월은 검은 화물선을 따라 바다로 갔다. 버려진 위대한 세기들은 바다에서 잊혀졌고, 여전히 나는 그곳에 아무런 희망 없이 누워 있었다. 나는 감히 희망을 가질 꿈도 꾸지 못했는데, 나처럼 썰물에 떠내려가지도 못하는 것들의 끔찍한 질시와 분노 때문이었다.

한번은 멀리 남쪽에서부터 런던까지 굉장한 폭풍이 몰아쳤다. 그 폭풍은 사나운 동풍과 함께 강으로 굽이쳐 왔다. 쓸쓸한 조수보다 훨씬 강력한 폭풍은 무심한 진흙 위로 거대하게 도약해 왔다. 그러자 모든 슬프고 잊혀진 것들은 기뻐하면서 폭풍과 어울려, 아래위로 요동치는 장대한 선박들까지 다시 한 번 달려갔다. 그때 폭풍이 내 추악한 보금자리로부터 내 유골을 끄집어냈다. 나는 다시는 밀물과 썰물의 괴롭힘을 당하지 않기를 희망

했다. 썰물이 잦아들자 폭풍은 강을 따라 달려 내려가 남쪽으로 향했고, 그렇게 자기의 보금자리로 향했다. 그러면서 폭풍은 나의 유골을 여러 섬들과 어느 이국의 행복한 해변가를 따라 흩어 놓았다. 내 뼈들이 멀리로 흩어지는 그 한순간, 내 영혼은 거의 자유로웠다.

그러나 달의 의지에 따라 지칠 줄 모르며 들어온 밀물이 즉시 썰물이 해놓은 일을 원점으로 되돌렸다. 햇빛 찬란한 섬들의 가장자리와 이국의 해변가에서 내 뼈를 전부 그러모아 넘실거리며 북쪽으로 올라가 템스 강 입구에 이르더니, 그곳에서 그 무자비한 얼굴을 서쪽으로 돌렸다. 그러더니 강으로 올라가 진흙 속의 구멍 안에 내 유골을 떨어뜨렸다. 진흙은 내 유골의 일부만 덮고 나머지는 희게 빛이 바래도록 내버려 두었다. 진흙은 밀물이 버린 것들에 그다지 마음 쓰지 않기 때문이다.

다시 썰물이 찾아왔다. 나는 집들의 죽은 눈을 보았고, 폭풍이 바다로 데려가 주지 않는 잊혀진 것들의 질투를 보았다.

밀물과 썰물 위로, 잊혀진 것들의 외로움 위로 더 많은 세기가 흘렀다. 나는 그동안 계속 진흙의 무심한 손아귀에 잡혀, 완전히 덮이지도 못하고 자유롭게 풀려나지도 못한 채로 누워 있었다. 따뜻한 지구의 위대한 손길을, 바다의 편안한 보살핌을 갈망하면서.

가끔 사람들이 내 뼈를 발견해 묻어 주었으나, 전통은 결코 사그라지지 않아, 친구들의 후계자들이 언제나 내 뼈를 진흙 속에 되돌려 놓았다. 마침내 화물선이 더 이상 보이지 않게 되었고 불빛도 더 적어졌다. 물길을 따라 다듬어진 목재가 떠내려오는 일도 없었다. 그 대신 자연적인 단순한 모양을 간직한, 뿌리 뽑힌 오래된 나무들이 바람에 실려 왔다.

마침내 나는 어딘가 가까이에서 잔디 잎사귀가 자라고 있음을 의식했고, 죽은 집들 위로 온통 이끼가 자라기 시작했다. 어느 날은 엉겅퀴의 갓털이 강 위로 떠내려갔다.

몇 년 동안 나는 이런 징조들을 주의 깊게 지켜보았고, 런던이 스러지고 있음을 확신하게 되었다. 나는 다시 희망을 가졌고, 그러자 강의 양쪽 둑을 따라 널려 있는 잊혀진 것들은 버려진 진흙 위에서 누군가가 감히 희망을 가졌다며 분노했다. 서서히 그 끔찍한 집들이 무너져 내리자, 한 번도 삶을 누려 보지 못했던 불쌍한 죽은 것들이 잡초와 이끼 사이로 합당하고 자연스럽게 매장되었다. 마침내 어린 소녀가 놀러 오고 메꽃이 피어났다. 마지막으로 들장미가 부두와 창고가 있었던 둔덕 위에 솟아올랐다. 바로 그때 나는 자연이라는 대의가 승리했으며 런던은 사라졌음을 깨달았다.

런던의 마지막 남자가 나의 친구들이 입었던 고대의 외투를 입고 강가의 제방으로 찾아와서 내가 아직도 거기 있나 보려고 들여다보았다. 그런 후에 그는 가버렸고, 그 후로 다시는 사람을 보지 못했다. 그들도 런던과 함께 사라진 것이다.

마지막 남자가 가버리고 며칠 뒤에 새들이, 노래할 수 있는 모든 새들이 런던으로 찾아왔다. 처음에 새들은 곁눈질로 나를 훔쳐보더니, 다른 곳으로 가서 잠시 자기들끼리 이야기를 나누었다.

"그는 사람에게만 죄를 저질렀어." 새들이 말했다. "우리가 상관할 일이 아니야."

"그를 친절하게 대해 주자." 다시 새들이 말했다.

그런 후 새들은 내 곁으로 가까이 뛰어와서 노래하기 시작했다. 때는 동이 트는 시각이었고, 강의 양쪽 둑에서, 하늘에서, 한때 거리였던 덤불에서, 몇 백 마리의 새들이 노래했다. 빛이 강해지면서 새들은 더욱 크게 노래를 했고, 그 소리는 내 머리 위의 대기 중으로 퍼져 나갔다. 급기야 수천 마리, 수백만 마리의 새가 내가 있는 곳으로 몰려와 노래했다. 나는 햇볕을 받은 새 떼의 반짝이는 날개와 사이사이의 조그만 하늘 조각 외에는 아무것도 볼 수 없었다. 런던에서 그 환희에 찬 노래의 미로처럼 얽힌 음률 외에는 아무것도 들을 수 없게 되었을 때, 내 영혼은 진흙 속 구멍에 있던 유골 사이에서 솟아나와 하늘을 향해 올라가기 시작했다. 마치 새들의 날개 사이로 샛길이 열리는 것 같았고, 그 길은 위로, 위로 이어졌으며, 그 끝에는 천국의 조그만 대문 하나가 살짝 열려 있었다. 그때 나는 진흙이 더 이상 나를 받아들이지 않으리라는 징조를 느꼈다. 문득 내가 울 수 있음을 깨달았기 때문이다.

그 순간, 나는 런던의 내 집 침대에서 눈을 떴고, 밖에서는 나무에 앉은 참새 몇 마리가 휘황한 아침 빛 속에서 지저귀고 있었다. 내 얼굴은 여전히 눈물에 젖어 있었다. 자는 동안 사람의 의지력은 약해지기 때문이다. 나는 일어나서 창문을 활짝 열었고 조그만 정원을 향해 손을 뻗으며 꿈속의 고단하고 끔찍한 세월로부터 나를 깨워 준 새들의 노래를 축복했다.

들판

The Field

봄꽃이 떨어진 후 도시에서 으레 그렇듯이 일찍 찾아온 여름이 다 무르익어 쇠퇴할 때까지 런던에만 있다 보면, 누구든 어느 순간 화사한 시골의 넓은 공간을 떠올리게 될 것이다. 황혼녘에 펼쳐진 시골의 고지대가 줄줄이 일어나서 천상의 합창을 부르는 듯할 것이다. 그 소리는 마치 주정뱅이를 도박 지옥에서 불러내는 듯 다급하고도 득의양양할 것이다. 도시의 교통량이 제아무리 많아도 그 소리를 덮을 수 없고, 그 어떤 도시의 유혹도 시골에 대한 그리움을 물리치지 못할 것이다. 개울가에서 빛나는 색색가지 조약돌로부터 시작해 시골의 온갖 풍경이 떠오르면, 런던은 돌팔매를 맞은 골리앗처럼 마음속에서 쓰러진다.

그 소리는 먼 옛날, 먼 곳으로부터 들려온다. 그 언덕들은 과거의 언덕이고, 그 목소리는 뿔나팔을 가진 요정의 왕들이 살던 먼 옛날의 목소리이다.

나는 지금 그 목소리를, 나를 부르는 내 유년의 언덕들을 본다. 그 언덕들은 얼굴을 보라색 황혼 쪽으로 치켜들었고, 고사리 덤불 아래에서는 희미하고 투명한 요정들이 저녁이 오는 모습을 엿보고 있다. 그 언덕들의 장엄한 마루 위에는, 세입자들을 들여 돈을 벌고 싶어 하는 신사들을 위해 지어진 대저택들은 보이지 않는다.

그 언덕들이 부를 때면 나는 자전거를 타고 가곤 했다. 기차로 가면 그 언덕들로 천천히 다가갈 수가 없어서 마치 오래전에 용서받은 죄악을 떨쳐 버릴 수 없듯 런던을 내 의식 속에서 쫓아낼 수 없고, 언덕들에 대한 소문이 돌고 있는 작은 마을을 지나갈 수도 없다. 또한 그 언덕들의 발치에 도달하여 그들이 아직도 예전과 같은지 궁금해하면서, 나를 환영하는 그 성스러운 얼굴들을 올려다볼 수도 없다. 기차 안에 있으면 갑자기 모퉁이를 돌면서 그 언덕들이 나타나고, 그때 그 언덕이 보여 주는 건 그저 햇볕 아래 앉아 있는 모습뿐이다.

열대 지방의 거대한 숲 속을 통과하면 야생동물들의 모습도 점차 사라지고 어둠은 밝아지며 숲의 공포감도 서서히 엷어지리라. 그러나 런던을 통과하여 교외로, 그러니까 아름다운 언덕들로 가까이 다가갈 때면, 도시의 집들은 더 추해 보이며 거리는 더 역겨워지며 어둠은 더 깊어지고 문명의 결점들은 들판의 비웃음 앞에 벌거벗은 모습을 드러낸다.

그런 풍경 앞에 어느 건축가는 '이곳에서 나는 절정에 이르렀다. 사탄에게 감사하자'라고 말할지도 모른다. 그런 극심한 도시의 불행 속에 놓여진 노란 벽돌 다리를 건너면, 그 너머에 요정 나라가 기다리고 있는 은세공된 대문이 나타난다. 그리고 그 문을 열면, 시골이 펼쳐지는 것이다.

좌우로는 여전히 멀리까지 괴물 같은 도시가 뻗어 있지만, 바로 눈앞에는 오랜 옛날의 노래와도 같은 들판이 나타났다.

큰 꽃을 피운 미나리아재비로 가득한 들판이다. 그 들판을 가로질러 시내가 흐르고 그 냇가를 따라 조그만 고리버들 숲이 나타난다. 나는 언덕을 향한 긴 여정에 오르기 전에, 그 냇가에서 쉬곤 했다.

그곳에서 나는 런던의 거리를 하나씩 차례차례 잊곤 했다. 때로는 언덕에게 보여 주기 위해 미나리아재비를 한 다발 따기도 했다.

나는 자주 그곳으로 갔다. 처음에는 들판의 아름다움과 평화로움 외에는 아무것도 눈치채지 못했다.

그러나 두 번째로 갔을 때 그 들판은 어딘가 불길해 보였다.

아래쪽 미나리아재비 풀숲 사이의 작고 얕은 시냇가에서, 뭔가 무시무시한 일이 일어날 것만 같았다.

그곳에 오래 머무르지는 않았다. 런던에서 너무 오래 지내다 보니 그런 음울한 상상을 하게 되었다고 생각하고는 가능한 한 빨리 언덕으로 올라갔기 때문이다.

나는 시골의 공기 속에서 며칠간 머물렀고, 런던으로 돌아가기 전에 다시 한 번 그 들판을 찾았다. 그러나 고리버들 숲은 여전히 어딘지 모르게 불길헤 보였다.

1년 후, 나는 다시 그곳으로 갔다. 런던의 그림자에서 벗어나 빛나는 태양 아래로 나갔다. 밝은 녹색 풀밭과 큰 꽃이 피는 미나리아재비가 햇빛 속에서 불꽃을 뿜고 있었고, 조그만 시냇물은 행복한 노래를 부르고 있었다. 그러나 들판에 들어서자마자 예전의 불편한 느낌이 되살아났고, 게다가 전보다 더 심했다. 마치 들판의 그림자가 미래의 어떤 두려움을 품고 있는 것 같았다. 지난 1년이라는 시간 동안 그 공포가 더 가까이 다가온 것만 같았다.

나는 자전거를 타느라 지친 탓에 그 불편한 느낌이 다시 생겨난 거라 추측했다.

잠시 후 나는 밤의 들판을 가로질러 돌아왔고, 소리 죽인 시냇물의 노래에 매혹되어 아래쪽으로 내려갔다. 그곳에서 나는 문득 상상했다. 어떤 이유로든 다쳐서 여기서 빠져나갈 수 없게 된다면 어떨까? 별빛 아래 누운 채 무시무시한 추위에 시달릴 것이다.

나는 그 지방의 역사에 대해 잘 알고 있는 사람에게 그 들판에서 어떤 역사적인 사건이 일어난 적이 있느냐고 물었다. 그가 왜 그런 질문을 하느냐고 캐물어서, 나는 그저 그 들판이 야외극을 공연하기에 아주 좋은 장소 같아 보인다고 둘러댔다. 그는 흥미를 가질 만한 사건은 아무것도 일어난 적이 없다고 답했다.

그렇다면 들판의 무시무시한 재난은 미래에서 오고 있는 것이었다.

3년 동안 이따금 나는 그 들판을 찾아갔고, 들판은 매번 더 뚜렷하게 사악한 징조를 보였다. 아름다운 고리버들 아래 시원한 초록 풀밭에서 휴식을 취할 때마다 나의 불편한 느낌은 매번 더 강해졌다. 한번은 생각을 다른 곳으로 돌리기 위해 시냇물이 얼마나 빨리 흐르는지 측정해 보려 했지만, 어느새 내가 그 시냇물이 피보다 빨리 흐를까 궁금해한다는 사실을 깨닫고 말았다.

어딘가 무시무시한 그 들판이 나를 미치게 해 환청까지 듣게 될 것만 같았다.

마침내 나는 런던으로 돌아와서, 알고 지내는 시인에게 갔다. 엄청난 꿈을 꾸고 있던 그를 깨워서 들판에 대한 이야기를 전부 털어놓았다. 그는 지난 몇 년 동안 런던을 떠난 적이 없었으므로, 나와 함께 그 들판을 보러 가서 거기서 무슨 일이 생길지 말해 주겠다고 약속했다. 우리는 7월 말에 그곳으로 출발했다. 런

던의 보도와 공기와 집들과 흙은 여름 더위에 구워져 바짝 말라
있었고, 지친 차들의 행렬이 늘어져 있었으며, 졸음이 먼저 날개
를 펼쳐 시골로 가서 헤매는 듯했다.

그 들판을 보자 시인은 매우 기뻐했다. 꽃들이 시냇가를 따라
무더기로 피어 있었다. 그는 즐거워하며 작은 수풀 쪽으로 내려
갔다. 시냇물 옆에 그는 멈추어 섰다. 갑자기 시인은 매우 슬퍼
보였다. 한 번인가 두 번, 시인은 비탄에 잠겨 시냇물을 위아래
로 훑어보았다. 그러고는 몸을 숙여 큰 미나리아재비 꽃을 한 송
이, 한 송이, 아주 꼼꼼하게 들여다보고는 고개를 저었다.

오랫동안 그는 침묵 속에 서 있었고, 나는 이전에 느꼈던 불
편한 느낌과 미래의 조짐들을 다시 한 번 느낄 수 있었다.

"이것은 어떤 종류의 들판인가?" 내가 물었다.

시인은 슬픔에 차서 고개를 저으며 말했다.

"이곳은 전쟁터라네."

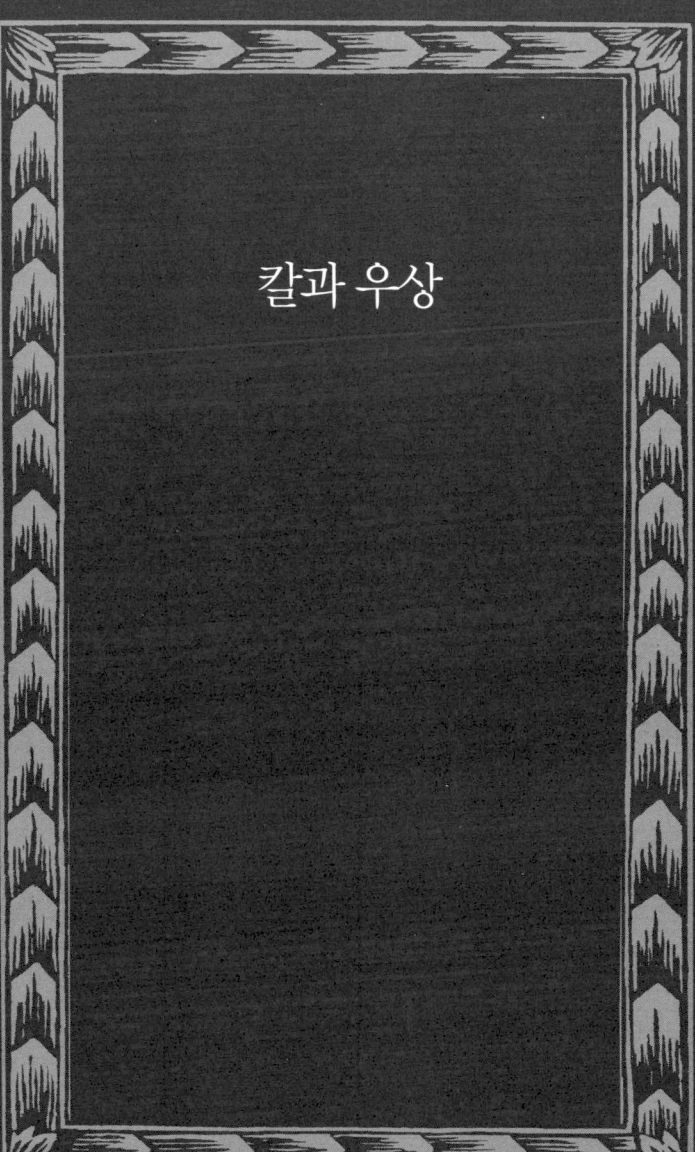

칼과 우상

.

석기시대 말기의 추운 겨울 저녁이었다. 해는 톨드의 벌판 위로 이글거리며 졌다. 구름 한 점 없었고, 으스스한 푸른 하늘과 이제 막 모습을 드러낸 별들뿐이었다. 잠든 대지의 표면은 밤의 냉기를 맞이하여 단단해지기 시작했다. 이윽고 은신처에서 일어나 몸을 떨며 남의 눈을 피해 나아가는 것이 있었는데, 대지의 자식들 중에서도 황혼이 내리면 배회하는 습성을 가진 것들이었다. 벌판 위를 소리 없이 타닥타닥 달려가는 그들의 눈은 어둠 속에서 빛났다. 그들은 앞서거니 뒤서거니 하며 들판을 가로지르고 또 가로질렀다. 돌연 벌판 한가운데서 인간의 존재를 알려주는 무서운 징후, 조그맣게 깜빡이는 불빛이 보였다. 밤을 배회하는 대지의 자식들은 곁눈질로 그것을 보고는 으르렁거리며 서서히 멀어졌다. 그러나 늑대들만은 불빛으로 조금 더 가까이 다가갔는데, 겨울이라 배가 고팠기 때문이다. 산에서 내려온 수천 마리 늑대들은 가슴속으로 이렇게 말했다. '우리는 강하다.' 불 주위로 작은 부족이 야영을 하고 있었다. 그들 역시 산에서, 그리고 그 너머의 땅에서 왔다. 늑대가 처음 그들의 낌새를 알아챈 것은 산에서부터였다. 치음에 늑대들은 그 부족이 버린 뼈를 주워 먹었으나, 이제 사방에서 더 가까이 다가서고 있었다. 불을 지핀 것은 로즈였다. 그는 돌도끼를 던져 작고 털이 많은 짐승을 하나 잡아 와서는, 붉은 갈색 돌들을 길게 한 줄로 늘어놓고 그 위에 그 작은 짐승의 살점들을 올려놓았다. 그가 양쪽에 불을 붙여 돌을 달구자 살점들이 익기 시작했다. 그 부족이, 계속 자신들을 따라온 늑대들이 이제는 버려진 야영지의 찌꺼기만으로는 만족하지 못한다는 것을 알아챈 것은 바로 그때였다. 죽 늘어선 노란 눈들이 부족을 포위하더니 점점 더 가까이 다가왔다. 부족 남자들은 서둘러 돌도끼로 작은 나무를 넘어뜨리고 잔 나뭇가지를 찢어 내어 로즈가 피운 불 위에 쌓았다. 잠시 동안 그 거대한 나무 무더기가 불꽃을 뒤덮자 늑대들은 총총히 좁혀 들어오더니 조금 전보다 훨씬 더 가까이에 앉았다. 부족 소유의 사납고 용감한 개들은 오래된 예언대로 싸우다가 죽을 때가 가까이 왔음을 느꼈다. 불꽃이 높다랗게 쌓인 잔가지에 옮겨 붙어 바깥쪽으로 힘차게 타오르자, 개들은 그쪽으로 달려 올라가서 꼭대기에 오만하게 서 있었다. 늑대들은 인간의 이 무시무시한 동맹군의 강력한 모습에 기가 눌려서, 불이 자신의 주인인 인간을 얼마나 자주 반역하는지는 알지 못한 채 마치 다른 목적지가 있는 것처럼 천천히 물러났다. 그 밤 내내 야영지의 개들은 싸우자며 늑대들을 소리쳐 불렀다. 하지만 부족 사람들은 두꺼운 털가죽을 덮고 불 주위에 빙 둘러 누워 잠만 잤다. 큰 바람은 포효하는 불의 심장 속으로 풀무질을 해댔지만, 마침내 붉은 불꽃은 창백해졌다. 새벽이 오자 부족은 깨어났다.

　로즈는 짐승의 살점이 그처럼 강렬한 화염 위에 있었기에 다 타버렸을 거라고 짐작할 수도 있었다. 하지만 그는 너무 배가 고파 분별력을 잃고 잿더미를 뒤졌다. 그가 찾아낸 것은 더할 수 없이 놀라웠다. 물론 고기는 남아 있지 않았다. 심지어 그가 줄지어 놓았던 붉은 갈색 돌의 흔적도 없었다. 그러나 사람의 다리보다 길고 손보다 좁은 것이 납작하게 눌린 큰 뱀처럼 누워 있었다. 로즈가 얇고 끝이 뾰족한 그것을 들여다보았다. 그러고는 그 물건을 더 날카롭게 깎아 내기 위해 돌을 집어 들었다. 사물을 날카롭게 가는 것은 로즈의 본능이었다. 그 물건이 부서지지 않는다는 것을 알았을 때 그의 경이감은 더욱 커졌다. 그 물건의 가장자리를 돌로 문질러서 더 날카롭게 갈 수 있다는 사실을 발견한 것은 상당한 시간이 흐른 뒤였다. 마침내 그것은 로즈가 손에 쥔 부분 외에는 전부 날카로운 모양새를 갖추게 되었다. 로즈는 그것을 들어 휘둘렀고, 그리하여 석기 시대는 끝이 났다. 그날 오후 부족이 그 작은 야영지를 떠나 다른 곳으로 나아갔을 때 석기시대도 떠나 버린 것이다. 그 후 3, 4만 년 동안 인간은 서서히 그 어떤 짐승들보다 우월해져서 짐승들이 인간을 재정복하려는 모든 희망은 부질없어졌다. 인간이 지상의 절대 패권자가 된 것이다.

불과 며칠이 지나지 않아 다른 사람도 로즈처럼 작고 털 많은 짐승을 익혀 자기 소유의 쇠칼을 만들려 했다. 불과 몇 해가 지나지 않아 다른 누군가도 로즈처럼 고기를 돌과 함께 늘어놓아야겠다고 생각했다. 그들이 있던 곳은 톨드 벌판이 아니었기에, 갈색 돌이 아니라 부싯돌이나 백악白堊을 썼다. 불과 몇 세대 후 철광석 덩어리가 녹으면서 사람들은 로즈가 철을 만들게 된 비밀을 서서히 추측할 수 있었다. 그럼에도 불구하고 지구의 여러 베일 중 하나를 찢어 낸 것은 분명 로즈였고, 그로 인해 오늘날의 우리는 쇠칼과 쟁기와 기계와 공장을 가지게 되었다. 로즈의 행동이 잘못된 결과를 불러왔다 해도 그를 비난하지는 말기로 하자. 그는 그런 결과는 까맣게 몰랐기 때문이다.

로즈의 부족은 물을 만날 때까지 계속 나아갔고, 그곳 언덕 아래에 오두막을 짓고 정착했다. 곧바로 그들은 다른 부족과 싸워야 했는데, 그들보다 더 강한 부족이었다. 그러나 로즈의 무시무시한 칼로 인해 그의 부족은 적들을 베어 낼 수 있었다. 적들이 로즈를 주먹으로 한 대 치면 로즈의 쇠칼이 그들을 찔렀다. 적들이 그것을 이기고 살아남을 방법은 없었다. 아무도 로즈의 상대가 되지 못했다. 그리하여 그는 이즈를 대신하여 부족의 지배자가 되었는데, 이즈는 그의 아버지가 그랬듯이 날카로운 도끼로 부족을 지배했던 인물이었다.

로즈는 로를 낳았고, 노년을 맞자 칼을 아들 로에게 주었으며, 로는 그것으로 부족을 지배했다. 로는 그 칼에게 '죽음'이라는 이름을 붙였다. 무척이나 빠르고 무시무시했기 때문이다.

한편 이즈는 이르드를 낳았다. 그는 아무런 가치 없는 인물이었다. 이르드 자신도 쇠칼을 가진 로에 비하면 자신이 아무 가치가 없다는 걸 알았기에 로를 증오했다.

어느 날 밤에 이르드는 날카로운 도끼를 들고 몰래 로의 오두막으로 살금살금 접근했다. 그러나 로의 개 워너가 그가 오는 소리를 듣고는 문 곁에서 낮게 으르렁거렸다. 이르드가 오두막에 도달했을 때, 로가 칼에게 다정하게 속삭이는 소리가 들려왔다. "가만히 누워 있으라, 죽음이여. 쉬어라. 쉬어라. 오래된 칼이여." 잠시 후엔 "아니, 또? 가만히 있으라, 죽음이여. 가만히 있으라" 했다. 또 잠시 후엔 다시 이렇게 말했다. "배가 고픈가, 죽음이여? 아니면 목이 마른가, 불쌍한 오래된 칼이여? 죽음이여, 이제 곧 때가 오니 잠시만 기다리거라."

그 말을 듣고 이르드는 도망을 쳤다. 로가 자기 칼에게 말하는 다정한 어조가 마음에 들지 않았기 때문이었다.

그리고 로는 로드를 낳았다. 로가 죽자 로드가 그 쇠칼을 물려받아 부족을 지배했다.

이르드는 이트를 낳았는데, 그도 아버지처럼 아무런 가치도 없었다.

로드가 사람을 베거나 무시무시한 짐승을 죽이면, 이트는 로드에게 바치는 찬양을 듣기 싫어 잠시 숲에 가 있곤 했다.

어느 날 이트가 숲 속에 앉아 하루가 지나가기를 기다리고 있는데, 돌연 나무 하나가 마치 얼굴이 있는 것처럼 자신을 쳐다보았다. 이트는 겁을 먹었다. 나무는 사람을 쳐다보아서는 안 되기 때문이었다. 그러나 곧 이트는 그것이 사람이 아니라, 사람을 닮은 나무임을 깨달았다. 이트는 이 나무에게 로드에 대한 이야기를 하곤 했다. 감히 다른 사람에게는 그에 관해 이야기할 용기가 없었기 때문이다. 이트는 나무에게 로드 이야기를 하면서 위안을 찾았다.

어느 날 이트는 돌도끼를 들고 숲으로 들어가 그곳에서 여러 날 동안 머물렀다.

그는 밤에 돌아왔고, 다음 날 아침 부족이 일어났을 때 그들은 사람 같지만 사람이 아닌 무언가를 보았다. 그것은 언덕 위에 앉아 팔꿈치로 바깥쪽을 가리키면서 꿈쩍 않고 있었다. 그 앞에 엎드려 있던 이트는 서둘러 과일과 고기를 그의 앞에 내놓은 후 물러나서 두려운 표정을 지었다. 이윽고 부족 모두가 그것을 보러 나왔으나, 이트의 얼굴에 어린 공포를 보자 감히 그것에 다가가지 못했다. 이트는 자기 오두막으로 가서 사냥용 창날과 조그맣고 귀한 돌칼들을 가지고 돌아와서, 사람을 닮은 그것 앞에 늘어놓고 물러섰다.

부족 사람 몇몇이 이트에게 다가와 사람을 닮은 이 움직이지 않는 것이 무어냐고 묻자, 이트가 말하기를 "이것은 게드다" 했다. 그들이 "게드가 누구인가?"라고 묻자 이트는 "게드가 곡식과 비를 보내며, 해와 달은 게드의 것이다"라고 했다.

부족 사람들은 각자의 오두막으로 돌아갔다. 그러나 몇몇은 다시 돌아와 이트에게 말하기를 "게드는 다만 우리와 같은 존재다. 손과 발이 있으니"라고 했다. 그러자 이트는 게드의 오른손을 가리켰는데, 그것은 왼손과 다르게 짐승의 발 모양이었다. 이트가 말하기를 "이것으로 보아 그가 어떤 사람과도 같지 않음을 너희도 알 것이다" 했다.

그러자 그들이 말하기를 "그는 과연 게드이다" 했다. 다음으로 로드가 와서 말하기를 "그는 말하지도 않고 먹지도 않는다" 하자 이트가 대답했다. "천둥이 그의 목소리이며, 기아飢餓가 그의 먹음이다."

이후로 부족 사람들은 이트처럼 게드에게 조그만 선물을 바쳤으니, 그것은 고기였다. 그러면 이트는 게드 앞에서 그것을 구워 게드가 고기 익는 냄새를 맡게 했다.

어느 날 저 멀리서부터 미친 듯이 날뛰는 엄청난 뇌우가 와서 언덕들 사이를 오가며 사납게 으르렁거렸고, 부족 사람들은 모두 그것을 피해 오두막 안으로 숨었다. 그러나 이트는 두려움 없이 오두막 밖으로 나갔다. 이트는 별말을 하지 않았으나, 부족 사람들은 지레 이렇게 추측했다. 자신들이 게드에게 짐승의 가장 좋은 부위가 아니라 질긴 부위를 바쳐서 무시무시한 폭풍이 몰려온 거라고. 그리고 이트는 이런 결과를 예상하고 있었다고.

그 후로 게드는 부족 내에서 로드보다 더 큰 존경을 받게 되었고, 로드는 초조해졌다.

어느 날 밤 로드는 모두가 잠들었을 때 일어나 개를 조용히 시키고는, 쇠칼을 들고 언덕으로 갔다. 그러고는 별빛을 받으며, 팔꿈치가 바깥으로 향해 있고 짐승 같은 발이 달린 게드에게 다가갔다. 게드 앞에는 음식을 익혔던 불 자국이 남아 있었다.

로드는 엄청난 공포감 속에서도 목적을 이루려는 의지를 다잡고 서 있었다. 돌연 그는 게드 가까이 걸어 나가 쇠칼을 쳐들었는데, 게드는 때리지도 않고 움츠러들지도 않았다. 그러자 로드의 마음속에 한 가지 생각이 떠올랐다. '게드는 때리지 않는다. 그렇다면 어떤 행동을 할 것인가?'

로드는 칼을 휘두르지 않고 내려놓더니, '때리지 않는다면 무엇을 할 것인가?'라는 생각에 집중하기 시작했다.

생각하면 할수록, 게드에 대한 로드의 공포심은 커져만 갔다.

로드는 그를 내버려 두고 도망쳤다.

이후로도 로드는 여전히 전투나 사냥에서 부족을 이끌었다. 그러나 전투에서 얻은 최고의 전리품은 게드에게 바쳤고, 잡은 짐승도 게드의 것이었다. 전쟁과 평화에 관한 질문들, 법과 다툼에 관한 질문들도 언제나 게드에게로 향했다. 이트가 밤에 게드와 이야기를 나눈 후 그의 대답을 알려 주었다.

일식이 일어난 다음 날 마침내 이트가 말했다. 게드에게 바치는 선물이 충분하지 않으며 뭔가 훨씬 더 큰 제물이 필요하다고. 게드가 아직도 매우 화가 나 있으니 평범한 제물로는 그를 진정시킬 수 없다고.

그러면서 이트는 게드의 분노로부터 부족을 구하기 위하여 오늘 밤 게드에게 어떤 새로운 제물을 원하는지 물어보겠다고 했다.

마음속 깊이 로드는 두려움에 떨었다. 게드가 원하는 것은, 자신이 죽고 나면 쇠칼을 쥐게 될 자신의 외동아들임을, 본능적으로 알 수 있었다.

쇠칼 때문에 감히 아무도 건드리지 못하는 로드는 자신의 본능이 '게드는 이트를 사랑한다. 그리고 이트는 칼을 쥔 자를 싫어한다'라고 몇 번이나 말하는 걸 들을 수 있었다.

'이트는 칼을 쥔 자를 싫어한다. 게드는 이트를 사랑한다.'

어둠이 내려 밤이 되자 이트가 게드와 이야기할 시간이 되었고, 로드는 자기 핏줄의 파멸을 더욱더 확신했다.

그는 누웠으나 잠들 수 없었다.

로드가 일어나 쇠칼을 들고 다시 언덕으로 간 것은 막 자정이 될 무렵이었다.

그곳에 게드 홀로 앉아 있었다. 이트가 벌써 다녀간 건가? 게드가 사랑하는 이트, 칼 쥔 자를 증오하는 이트.

로드는 톨드의 벌판에서 그의 할아버지에게로 찾아온 낡은 쇠칼을 오랫동안 바라보았다.

'잘 있거라, 오래된 칼이여!' 그리고 로드는 그것을 게드의 무릎에 올려놓고는, 떠나 버렸다.

동트기 직전 이트가 왔을 때, 게드는 그 제물에 만족해하고 있었다.

카르카손

카모락이 아른을 다스리던 시절, 세상이 더 어여뻤던 그때에 카모락은 자신의 빛나는 청춘을 기념하기 위하여 광야에서 축제를 베풀었다.

아른에 있는 그의 회당은 거대하고 높았으며 그 천장은 푸른색으로 칠해져 있었고, 저녁이면 사람들이 사다리를 타고 그 천장으로 올라가 가느다란 쇠사슬에 매달린 수십 개의 초에 불을 붙였다. 때때로 구름이 나타나 밖으로 튀어나온 여러 개의 창문

❖ 한 번도 만난 적 없는 내 책의 독자가 내게 보내온 편지에, 다음과 같은 문장이 인용되어 있었다. '그러나 그는, 그 사람은 결코 카르카손에 도달하지 못했다.' 이 문장의 출전은 모르지만 그것에 관해서 이야기를 만들었다. – 저자 주.

들 중 한 곳으로 비를 퍼부었는데, 그 구름이 석조 장식의 가장 자리로 다가오는 모습은 마치 오랜 바람에 시달려 반들반들해진 높은 낭떠러지로 몰려오는 바다 안개 같았다. 창문을 통해 들어온 구름은 모양을 가다듬어 회당의 드높고 둥근 천장을 통과하여 천천히 하늘로 흘러 나갔다가 또 다른 창문으로 다시 들어오곤 했다. 그런 구름의 모습을 보며 회당에 있던 기사들은 다음 전쟁의 운을 점치곤 했다. 사람들은 카모락의 회당 같은 곳은 그 어디에도 없고 앞으로도 없을 것이라 예언했다.

광야에서 사는 사람들이 음식과 쉴 곳을 찾아 이 유명한 회당으로 찾아와 감탄하며 모여 앉았다. 아른은 카모락 왕의 이 높은 회당을 중심으로 옹기종기 모인 마을이었으며, 아른의 모든 집은 어머니 대지의 붉은 흙으로 지붕을 덮고 있었다.

오래된 노래들을 믿을 수 있다면, 그것은 훌륭한 회당이었다.

예전에는 사람들이 단지 멀리서만 그 회당을 볼 수 있었다. 회당은 주위의 풍경 속에서도 도드라져 보였고, 단지 언덕보다는 조금 낮았다. 그러나 이제 사람들은 그 회당의 벽을 따라 걸린 카모락 부하들의 무기를 볼 수 있었다. 류트 악사들은 그 무기에 대한 노래를 지었다. 사람들은 저녁마다 외양간에서 그 무기에 관한 이야기를 나눴다. 너무나 많은 전투를 경험한 카모락의 방패와 날카롭고 흠집 난 칼날에 대해. 또한 그 회당에는 '의리 있는' 가드리올과 노른, '진눈깨비 칼' 아토릭, '광포한' 헤리

엘과 야롤드, 에스크 출신 탕가의 무기와 갑옷들이, 손에 닿는 높이에 보기 좋게 빙 둘러 걸려 있었다. 가장 명예로운 자리에 걸린 것은, 아를레온의 하프였다. 그 벽에 걸린 모든 무기들 중에서, 적들에게 가장 큰 재앙을 끼친 것은 바로 그 하프였다. 강하고 모진 환경 속에서 오르막길을 오르는 적의 전사들에게, 무시무시한 전쟁터의 소음을 잊게 하는 것은 오로지 그 하프 소리였기 때문이다. 카모락의 부하들에게 하프 소리는 더 큰 의미를 가지고 있었다. 용기를 북돋워 줄 뿐 아니라, 울부짖는 하프의 현이 토해 낸 열광적인 예언이 적들에게 광포한 공포를 안겨 주었기 때문이다. 카모락과 그의 부하들은 하프의 음악으로 기운을 회복하기 전에는, 지루한 평화로 분개하기 전에는, 그 어떤 전쟁도 선포하지 않았다. 한번은 아를레온이 단지 하프의 운율을 맞추기 위해 전쟁을 시작한 적도 있었다. 그 때문에 사악한 왕이 폐위되고 카모락이 명예와 영광을 얻은 것이었다. 때로는 괴이한 동기에서도 좋은 결과가 생겨나는 법이다.

방패와 하프 위로는 멋지고 유명한 노래의 주인공들의 초상화가 걸려 있었다. 그러나 그들은 역사적인 승리를 쟁취한 카모락의 부하들에 비하면 너무나 사소해 보였다. 카모락이 70번의 전투에서 쟁취한 전리품들도 사소해 보였다. 카모락과 그의 전사들이 젊은 시절 꾸었던 꿈에 비하면, 그런 전리품은 아무것도 아니었다.

저녁이 다가오고 있었고, 천장의 가느다란 쇠사슬에 걸려 흔들리는 양초에는 아직 불이 켜지지 않았다. 마치 거대한 바위처럼 밤의 한 조각이 건물 안에 짜 넣어진 것 같았다. 바로 그곳에 아른의 모든 전사들과 그들을 경탄하며 바라보는 광야의 사람들이 앉아 있었다. 그들 모두 서른 살을 넘지 않은 전쟁에 숙련된 자들이었다. 그들 사이에 카모락이 청춘을 만끽하며 가장 윗자리에 앉아 있었다.

인간은 대체로 70년 정도의 시간과 씨름해야 하며, 첫 30년 정도는 약하고 보잘것없는 존재에 불과하다.

그곳에 운명의 계략을 잘 아는 예언자가 끼어 있었다. 그는 광야의 사람들 틈에 섞여 있었는데, 카모락과 그의 부하들은 운명을 전혀 두려워하지 않기 때문이었다. 카모락은 고기를 다 먹고 뼈를 버린 후 의자에서 일어나서 포도주를 마셨다. 빛나는 청춘의 정점에 선 카모락은 기사들에 둘러싸여 있었다. 카모락이 예언자를 부르고는 말했다. "예언하라."

예언자는 회색 턱수염을 쓰다듬으며 일어나서 조심스럽게 입을 열었다. "운명이 일으키는 어떤 사건들은 심지어 예언자의 눈에도 보이지 않습니다. 하지만 모두의 눈에 보이지 않는 편이 더 좋을 일들이 우리 예언자들에게는 보이는 법이니, 그중 몇 가지는 몇 세기에 걸쳐 엄한 처벌을 받는다 해도 결코 예언하지 않을 것입니다. 그러나 이것만은 예언하겠습니다. 당신은 결코 카르카손에 도달하지 못할 것입니다."

회당 안의 사람들이 즉시 카르카손에 대해 웅성거리기 시작했다. 어떤 사람은 이야기나 노래에서 그곳에 관해 들었다고 했고, 어떤 사람은 글에서 읽었으며, 어떤 사람은 그곳에 대해 꿈을 꾼 적이 있다고 했다. 왕은 오른쪽에 있는 하프의 아를레온으로 하여금, 광야의 사람들이 모여 앉은 곳으로 가서 카르카손에 대해 누구의 말이든, 무엇이든 듣고 고하라고 했다. 카모락의 전사들은 그들이 정복했던 철통같은 요새들과 나라들을 이야기하며, 기필코 카르카손에 도달하겠다고 맹세했다.

한참 후에 아를레온이 왕의 오른편으로 오더니, 하프를 들어 카르카손에 대해 노래했다. 그곳은 멀고도 먼 곳이며, 번쩍이는 성벽이 줄지어 솟아 있고, 대리석 테라스가 성벽 뒤에 있으며, 그 테라스 위에는 분수가 빛나는 도시라고. 마왕들이 처음으로 인간과의 전투에 패배했을 때 요정들을 데리고 그곳으로 후퇴했다고. 그곳은 5월 하순의 어느 저녁에 마법의 뿔피리로 건설된 곳이라고. 카르카손! 카르카손!

여행자들은 때때로 생생한 꿈처럼 그곳을 발견했는데, 멀리 떨어진 그 언덕 위 성채는 햇볕이 반짝이다가도 갑작스러운 구름과 안개에 덮이곤 했다. 그 도시를 오랫동안 바라본 이는 있으되, 조금이라도 가까이 다가간 사람은 없었다. 딱 한 번 사람들이 그 도시에 다가간 적이 있었는데, 갑작스러운 바람으로 집들의 연기가 그들의 얼굴에 들러붙어서 더 이상 그 도시를 볼 수 없었다. 그래서 그들은 누군가 그곳에서 삼나무를 태우고 있다고 결론지었다. 사람들은 그곳에 마녀가 있다고 상상했다. 대리석으로 지은 궁궐의 차가운 정원과 복도를 혼자서 걸어 다니며 바다가 가르쳐 준 세상에서 두 번째로 오래된 노래를 부르는, 80세기를 살고도 여전히 무시무시하게 아름다운 마녀가. 그 마녀는 군대 전체를 미치게 만드는 아름다운 눈으로 외로움의 눈물을 흘린다고. 때때로 그녀는 커다란 강 같은 깊은 대리석 욕조에서 헤엄을 치고, 아침 내내 욕조 가장자리에 누워서 햇볕에 천천히 몸을 말리며, 육중한 강물이 욕조 깊은 곳을 휘젓는 모양을 들여다본다고. 강물은 그녀가 알지 못하는 땅 밑의 동굴 속으로 멀리 흘러가 강물만이 아는 바다로 나아간다고. 가을이 되면 이따금씩 강물은 상상할 수도 없이 먼 산악 지대에서 흘러나온 봄눈과 섞여 검은빛이 되어 이따금 산골 관목의 시든 꽃으로 아름답게 흘러간다고. 욕조에 피가 보일 때면 마녀는 산악 지대에 전쟁이 났음을 알게 되지만, 그럼에도 그 산이 어디에 있는지는 알지 못한다고.

사람들은 말했다. 그 마녀가 노래할 때면 검은 땅에서 분수가 춤추며 올라오고, 그녀가 머리를 빗을 때면 바다에 폭풍이 분다고. 그녀가 화를 내면 늑대들이 용감해져 모두 외양간으로 내려오고, 그녀가 슬플 때면 바다도 슬퍼한다고. 카르카손! 카르카손!

카르카손은 아침의 경이로운 광경 속에서 가장 어여뻤다. 태양은 그 도시를 내려다보며 환호했고, 저녁 황혼은 그 도시를 위해 흐느꼈다.

아를레온은 카르카손 주변에 위험이 수없이 도사리고 있으며 그 도시로 향하는 길은 알려지지 않으니, 그곳을 찾는 것이야말로 기사다운 모험이라고 말했다. 그러자 모든 전사들이 일어나 모험과 영광의 노래를 불렀다. 아른을 건설한 카모락은 전사의 명예를 걸고, 죽든 살든 꼭 카르카손에 도달하겠다고 신들에게 맹세했다.

그러자 예언자는 일어나서 손에 묻은 음식 부스러기를 털어내고는, 긴 옷의 주름을 편 뒤 회당을 가로질러 나가 버렸다.

그러자 카모락이 외쳤다. "계획해야 할 일이 많으니 당장 회의를 소집하라. 그리고 식량을 모아라. 언제 떠날 것인가?" 이에 모든 전사들이 "지금!"이라고 외쳤다. 카모락은 웃음 지었다. 그는 단지 전사들을 시험했을 뿐이었던 것이다. 전사들은 벽에서 무기를 내렸다. 시코릭스, 켈러론, 아슬로프, '도끼' 월, '평화를 깨는 자' 후헤노스, '전쟁의 아버지' 월우프, 타리온, '전투 함성' 루르트와 그 외 여러 선조의 무기들을. 그러고는 함성을 질렀다. 회당에 앉아 휴식을 취하던 거미들조차 깜짝 놀랄 정도로.

전사들은 모두 무장을 하고 열을 지어 회당을 빠져나갔고, 아를레온은 카르카손을 노래하며 그들 앞에서 성큼성큼 나아갔다.

그러나 배불리 먹은 광야의 사람들은 일어나서 외양간으로 돌아갔다. 그들에게 전쟁이나 모험은 중요하지 않았다. 언제나 굶주림이라는 전쟁을 벌이는 중이었기 때문이다. 그들에게는 긴 가뭄이나 가혹한 겨울이 격전이었다. 늑대들이 양 우리를 습격하면 그것이 요새를 잃는 것이었고, 수확할 작물에 내리는 폭풍우가 기습 공격이었다. 그들은 배불리 먹음으로써 굶주림과 휴전한 채 천천히 외양간으로 돌아갔다. 밤하늘에는 별이 가득했다.

그 별빛 가득한 능선의 꼭대기를 지나가는 전사들의 까맣고 둥근 투구가 나타났다. 투구들은 간간히 별빛에 반짝였다.

아를레온은 남쪽으로 향했고 전사들은 그 뒤를 따랐다. 카르카손에 대한 소문이 남쪽에서 왔기 때문이다. 전사들은 별빛 속에서, 아를레온은 그들 앞에서 노래하며 행군했다.

그들이 너무나 멀리 가서 아른의 소리를 더 이상 듣지 못하게 되었을 때, 아른의 종소리조차 들리지 않게 되었을 때, 멀리 탑 위에서 늦게까지 타는 쓸쓸한 촛불조차 보이지 않게 되었을 때, 탁 트인 시골의 공간에서 밤하늘의 자장가 같은 피로가 아를레온을 덮쳤고 그의 시상은 천천히 꺾였다. 그는 지금 가는 길이 카르카손으로 향하는 길인지 조금씩 의심하게 되었다. 그래서 한동안 멈추어 서서 과연 이 길이 카르카손으로 가는 길이 맞는지 자문했다. 그의 명료한 확신은 사라졌고, 그저 그 경이로운 도시에 대한 오래된 예언과 목동의 노래만 떠올랐다. 그가 염소

치기 소년에게서 배운 노래를 읊자, 피로가 몰려왔다. 소란스러운 도시의 밤을 조용히 덮는 눈처럼.

그가 멈추어 서자 전사들이 다가섰다. 그들은 여기저기 외로이 서 있는 거대한 떡갈나무 숲을 지나온 상태였다. 그 나무들은 마치 광포한 행위를 저지르기 전 밤공기를 들이마시는 거인처럼 서 있었다. 이제 그들은 검은 숲 근처까지 왔다. 나무줄기들은 인간의 찬미를 받아들인 이집트 회당의 거대한 기둥처럼 서 있었고, 그 꼭대기는 고대의 바람이 스치는 듯 기울어져 있었다. 거기서 전사들은 모두 정지했고, 부싯돌로 불꽃을 일으켜 나뭇가지에 불을 지폈다. 그들이 갑옷을 벗고 불 주위에 앉자 카모락이 일어서서 말했다.

"운명은 내가 카르카손에 이르지 못한다고 예고했고, 우리는 그 운명과의 전쟁에 나섰다. 우리가 그 운명을 뒤바꾼다면 미래가 전부 우리의 것이 되어 예정된 미래는 마른 강바닥처럼 쓸모없어질 것이다. 우리 불굴의 정복자들이 운명이 계획한 비극 하나조차 막지 못한다면, 인간 종족은 하찮은 노예가 될 것이다."

그러자 전사들은 모두 칼을 뽑아 불빛 속에 높이 휘두르며 운명과의 전쟁을 선포했다.

음산한 숲 속에선 아무것도 움직이지 않았고 아무 소리도 나지 않았다.

피곤한 사람들은 전쟁을 꿈꾸지 않는다. 들판 위로 아침이 왔을 때 아른에서 출발한 민간인들이 전사들의 야영지를 발견하고는 천막과 식량을 내려놓았다. 전사들은 만찬을 벌였고, 숲 속의 새들이 노래했다. 그러자 아를레온의 시상이 깨어났다.

그래서 다시 그들은 일어났고, 아를레온을 따라 숲으로 들어서서 남쪽으로 행군해 갔다. 아른의 여자들이 오래되고 단조로운 음률을 연주하면서 전사들을 향해 자신의 마음을 보냈지만, 전사들의 마음은 이미 강물이 뒹구는 카르카손의 그 깊은 욕조 위를 훑고 있었다.

나비가 대기 중에서 춤추고 해가 머리 꼭대기로 올라갈 무렵 전사들은 천막을 세우고 휴식을 취했다. 그런 뒤에 다시 만찬을 벌였고 그 후에는 기사다운 놀이를 즐겼으며, 오후 늦게 다시 한번 카르카손을 노래하며 행군했다.

신비를 머금은 밤이 숲으로 내려왔고, 어둠 속에서 나무들은 악마처럼 보였으며, 텅 비고 안개 낀 밤하늘에 거대하고 노란 달이 말려 올라왔다.

그러자 아른의 남자들은 불을 지폈고, 그 불에서 갑자기 환상 같은 그림자가 튀어나왔다. 밤바람이 유령처럼 솟아 나무 등걸 사이를 지나 반짝이는 숲 속의 빈터를 미끄러져 내려가더니 여전히 낮을 꿈꾸며 배회하는 짐승들을 깨웠고, 바람 소리에 놀란 밤새들은 벌판으로 날아가 겁 많은 동물들을 위협했다. 밤바람은 친구처럼 다정한 장미들을 짓밟으며 방랑자들의 귓속으로 쳐녀의 노랫소리를 흘려보냈고, 먼 언덕에서 외로이 연주하는 류트 악사에게 황홀한 마력을 불어넣었다. 나방의 깊은 눈이 병선兵船의 등불처럼 타오르며 날개를 펼쳐 익숙한 밤바다를 항해했다. 그 밤바람을 타고 카모락 부하들의 꿈도 카르카손으로 떠났다.

다음 날 오전부터 저녁까지 전사들은 행군했고, 마침내 숲의 가장 깊은 곳에 다다랐다. 아른 사람들은 서로 바짝 붙어 전사들 뒤를 따르고 있었다. 숲 속 깊은 곳은 저녁 화롯가에서 듣는 무서운 이야기의 배경이었기 때문이다. 그 뒤로 밤이 오고 거대한 달이 나타났다. 카모락 남자들은 잠을 잤다. 때때로 깨어났다가 다시 잠들었다. 깬 채로 주변의 소리에 귀를 기울이던 몇몇은 무겁고 두 발 달린 동물들이 밤을 쿵쿵 밟고 가는 소리를 들었다.

날이 밝자마자 무장하지 않은 아른 사람들은 살그머니 무리를 지어 숲을 가로질러 왔던 길로 되돌아갔다. 어둠이 내려도 잠을 자지 않고 곧장 계속 도망쳐서 마침내 아른으로 되돌아가서, 어두운 숲에 대한 공포를 더욱 부풀리는 이야기를 퍼뜨렸다.

그러나 전사들은 여전히 만찬을 벌였으며, 아를레온이 일어나 하프를 연주하면 전사들은 다시 일어섰다. 또한 몇몇 충실한 하인들이 여전히 그들과 함께 남아 있었다. 그들은 하루 종일 오랜 어둠 속을 행군해 갔고, 아를레온의 시상은 별처럼 불타올랐다. 그는 새들이 나무 꼭대기로 돌아가는 시간까지 전사들을 이끌었다. 저녁이 오면 하나밖에 남지 않은 천막 가까이에 불을 지펴 야영을 했다. 카모락은 그 불 바로 건너편에 칼을 든 파수병을 세웠다. 전사들은 천막 안이나 밖에서 잠을 잤다.

다음 날 새벽에 깨어나 보니, 뭔가 끔찍한 것이 파수병을 죽여 먹어 치운 흔적이 남아 있었다. 그러나 카르카손에 대한 찬란한 소문과 그곳에 도달하지 못한다는 운명에 대한 반항이, 아를레온의 하프 소리와 함께 전사들을 고무시켰다. 그들은 하루 종일 점점 더 깊은 숲 속으로 나아갔다.

그러다가 전사들은 용이 곰을 가지고 노는 광경을 목격했다. 용은 곰이 어느 정도 도망가게 놔두다가 한 발로 덮치곤 했다.

밤이 오기 직전 마침내 전사들은 숲 속 빈터에 이르렀다. 꽃향기가 안개처럼 피어올랐고, 이슬방울마다 천국의 광채가 어려 있었다.

황혼이 땅에 입을 맞추는 시간이었다.

무의미한 것들 안으로 의미가 찾아들고, 나무들이 군주보다 더 장엄하게 보이며, 겁 많은 동물들이 먹이를 찾아 헤매고, 포식자들은 아직 먹잇감을 찾지 못하고 꿈을 꾸는 시각이었다. 땅이 한숨을 내쉬면, 그 뒤로 밤이 깃드는 시간.

카모락의 전사들은 넓은 빈터 한복판에서 야영을 했고, 별들이 다시 하나씩 나타나는 것을 보며 기뻐했다.

그날 밤 그들은 마지막 남은 식량을 먹었고, 숲의 어둠 속을 배회하는 것들에게 방해받지 않고 잠을 잤다.

다음 날 전사 몇몇은 수사슴을 사냥했고 다른 몇몇은 이웃한 호수의 골풀 사이에 누워서 물새들에게 활을 쏘았다. 수사슴 한 마리와 거위 몇 마리와 물오리 여러 마리가 잡혔다.

모험을 사랑하는 전사들은 도시에서 느낄 수 없는 순수한 야생의 대기를 호흡하며 그곳에 머물렀다. 낮에는 사냥을 하고 밤에는 불을 지펴 노래하고 만찬을 벌이며 카르카손을 잊어버렸다. 어둠 속에 사는 끔찍한 것들은 그들을 전혀 방해하지 않았고, 사냥해서 잡은 고기와 온갖 종류의 물새로 먹을거리는 풍족했다. 그들은 낮에는 사냥감을 추격하고 밤에는 좋아하는 노래를 부르며 한껏 즐겼다. 그렇게 하루하루가, 그렇게 한 주, 또 한 주가 지나갔다. 시간이 야영지 위로 한 줌의 달빛을, 황금과 은의 달빛을 내던졌다. 그렇게 가을, 겨울을 지나고 봄을 맞았다. 1년을 낭비했지만, 그래도 여전히 전사들은 그곳에서 사냥을 하고 만찬을 벌였다.

어느 봄밤, 그들은 불 옆에서 만찬을 벌이며 사냥 이야기를 하고 있었다. 부드러운 나방들이 불빛 속에 날개를 뽐내다가 회색이 되어 다시 어둠 속으로 가버렸다. 밤바람이 전사들의 목 위로 서늘하게 불었고, 화톳불은 그들의 얼굴에 따뜻한 온기를 전했다. 그들이 어떤 노래를 부른 뒤 침묵이 자리 잡았고, 바로 그때 아를레온이 카르카손을 기억하고 돌연 일어섰다. 그의 손이 하프의 현을 휩쓸며 깊은 화음을 깨웠다. 그것은 마치 몸이 날랜 사람들이 동판 위에서 춤추는 발소리 같았다. 음악은 밤의 정적 속을 굴렀고 그와 함께 아를레온의 목소리가 높아졌다.

"욕조 속에 피가 보일 때면 마녀는 산에 전쟁이 났다는 것을 알고 왕의 군사들이 외치는 전투의 함성 소리를 갈망한다."

그러자 돌연 모두가 외쳤다. "카르카손!" 그 외침과 함께 그들의 게으름은 몽상가의 꿈처럼 사라졌다. 곧바로 더 이상 망설이지도 동요하지도 않는 위대한 행군이 시작되었다. 카모락의 전사들은 외딴 장소에서도 뜻을 굽히지 않고 탐욕스러운 세월에도 지치지 않으며 나아갔다. 그동안 아를레온의 시상이 계속 그들을 이끌었다. 그들은 태고로부터 전해진 침묵의 어둠을 아를레온의 음악으로 깎아 내며 전진했다. 노래 부르며 무시무시한 야생의 전쟁터로 걸어 들어갔다. 그러나 노래를 부르는 사람들의 숫자는 점점 줄어들었다. 그러는 와중에 그들은 계곡 마을에 도착해, 저물녘의 오두막 불빛을 보았다.

이 전사들의 방랑은 속담으로 전해질 정도로 유명해졌다. 안식을 찾지 못하는 기괴한 사나이들에 대한 전설이 생겨난 것이다. 시골 사람들은 따뜻하게 불을 피우고는 처마 끝에 떨어지는 빗물 소리를 들으며 그들에 대해 이야기했고, 어린아이들은 바람이 거세게 불 때면 그 '쉬지 않는 자들'이 덜거덕거리며 지나갈까 두려워했다. 낡은 회색 갑옷을 입고 언덕 꼭대기를 따라 저물녘에 이동하면서 결코 쉴 곳을 부탁하지 않는 사람들에 대한 기괴한 이야기가 떠돌자, 어머니들은 집에 있는 것을 못 견디는 아들들에게, 그 회색 방랑자들도 한때 너무 조급하게 굴다가 이제는 안식의 희망을 잃었다고, 바람이 분노할 때마다 비와 함께 쫓겨 다닌다고 말해 주었다.

그러나 방랑자들은 여전히 의기양양했다. 카르카손에 도착하리라는 희망 때문이었고, 나중에는 운명에 대한 분노 때문이었다. 어쨌든 그들은 회의에 빠지기보다는 행군을 택했다.

그들은 여러 해 동안 방랑했고 여러 부족과 싸웠다. 그러면서 마을마다 전해지는 전설을 모았고 한가한 음유시인들의 노래에 귀를 기울였다. 그동안에도 여전히 남쪽에서는 카르카손에 대한 소문이 들려왔다.

그러다가 어느 날 언덕이 많은 땅에 이르렀다. 그곳의 전설에 따르면 날씨가 맑을 때 계곡을 세 개 건너면 카르카손을 볼 수 있다고 했다. 전사들은 피로에 지쳤고 숫자도 줄었으며 긴 세월 전쟁에 시달린 상태였지만, 그래도 그 즉시 밀고 나아갔다. 여전히 아를레온의 시상이 그들을 이끌었다. 나이가 듦에 따라 아를레온의 시상도 줄어들었지만, 그는 여전히 오래된 하프로 음악을 연주하고 있었다.

전사들은 꼬박 하루 동안 계곡을 내려갔다가 다시 이틀 동안 올라가서 마침내 산꼭대기 아래의 '전쟁으로 정복할 수 없는 도시'에 이르렀다. 도시의 성문은 그들 앞에 굳게 닫혀 있었고 달리

들어갈 길은 없었다. 전설에서 말해진 대로, 깎아지른 벼랑이 좌우로 먼 곳까지 솟아 있었다. 카모락은 마지막 전쟁을 선포하기 위해 남은 전사들을 전투 대형으로 모았고, 죽은 지 오래되었으나 매장되지 못한 군인들의 바삭바삭한 뼈를 밟으며 나아갔다.

그 어떤 감시병도 성문에서 그들에게 도전하지 않았고, 그 어떤 망루에서도 화살이 날아오지 않았다. 그들과 함께 여기까지 온 무장하지 않은 아른 사람이 산꼭대기로 혼자 올라갔고, 나머지는 은신처에 숨어 있었다.

산꼭대기의 바위 속에는 깊은 사발 같은 동굴이 있었고, 그 안에서 부드러운 거품 같은 불길이 솟아올랐다. 적들이 다가올 때면 산꼭대기에 있는 아른 사람은 무슨 의식처럼 그 불길 속에 호박돌을 던졌다. 그러면 산은 사흘간 간헐적으로 바위를 굴려 내렸고, 그 바위는 불타오르며 도시와 주변으로 떨어져 내렸다. 카모락의 부하들이 성문을 두드리기 시작한 바로 그때, 산에서 뭔가 무너지는 소리가 들렸다. 거대한 바위가 그들 너머로 떨어져 계곡으로 굴러 들어갔다. 다시 두 개의 바위가 도시의 철제 지붕 위로 떨어졌다. 그들이 도시에 들어서자마자 좁은 길에 모여 서 있는 전사들 위로 바위가 떨어졌고, 그들 중 두 명을 산산이 부수었다. 산은 연기를 내며 헐떡였다. 헐떡거릴 때마다 바위가 거리 위로 떨어져 내리거나 무거운 철제 지붕 위로 튕겨 나갔다. 연기가 천천히 위로, 위로 솟았다.

전사들이 도시의 길고 텅 빈 거리를 지나 잠긴 성문에 도달했을 때, 단지 열다섯 명만 남아 있었다. 성문을 부숴 열었을 때는 열 명만 살아 있었다. 경사로를 올라가면서 세 명이, 무시무시한 동굴 곁을 지날 때는 두 명이 더 죽었다. 그런 뒤에 셋을 더 데려갔다. 카모락과 아를레온만이 살아남았다. 그들이 도달한 계곡 위로 밤이 다가왔고, 사람들을 죽인 산에서 불빛이 번쩍였다. 두 사람은 밤새 죽은 동지들을 애도했다.

　　그러나 아침이 오자 그들은 다시 운명에 대항하여 카르카손에 도달하겠다는 오래된 결심을 기억했다. 아를레온이 떨리는 목소리로 노래를 불렀고, 오래된 하프에서는 끊어질 듯 이어지는 음악이 피어났다. 아를레온은 일어나서 지난 몇 년간 해왔듯 얼굴을 남쪽으로 돌려 행군했고, 그 뒤를 카모락이 따랐다. 그들이 마침내 세 번째 계곡으로 올라와서 저녁의 황금 햇살을 받으며 언덕 마루에 우뚝 섰을 때, 그들의 나이 든 눈에 보이는 것은 길게 이어지는 숲과 보금자리로 돌아가는 새들뿐이었다.

　　힘든 여행으로 지친 그들의 턱수염은 희었다. 마침내 그들에게도, 휴식 같은 잠이 찾아왔다. 앞으로 올 세월이 아니라 지나간 세월의 꿈을 꾸어야 할 때가 왔다.

　　오랫동안 그들은 남쪽을 바라보았다. 해가 저 먼 숲 위로 졌고, 반딧불이의 애벌레가 등불을 켰고, 아를레온의 시상은 솟아올라 영원토록 날아갔다. 더 젊은 사람의 꿈을 밝혀 주기 위해.

이윽고 아를레온이 말했다. "나의 왕이시여, 나는 더 이상 카르카손으로 가는 길을 알지 못합니다."

이 말을 들은 카모락은 기뻐할 이유를 알지 못하는 나이 든 사람의 미소를 지은 후, 아를레온에게 말했다. "세월은 마치 신의 계략으로 오래된 회색 늪지에서 쫓겨난 거대한 새들처럼 우리 곁을 지나갔다. 그 어떤 전사도 세월에는 힘을 쓰지 못한다. 그래서 우리의 원정이 실패했는지 모른다."

그들은 침묵했다.

그런 뒤 그들은 칼을 뽑아 나란히 숲 속을 내려갔다. 여전히 카르카손을 찾겠다는 희망은 포기하지 못한 채.

멀리 가지는 못했을 것이다. 그 숲에는 아주 위험한 늪지와 밤보다 더 오래 지속되는 어둠과 익숙하게 길을 아는 무시무시한 짐승들이 있었기에. 또한 시詩 속에도, 들일을 하는 사람들의 노래 속에도, 카르카손에 도달했다는 전설은 전혀 없었기에.

거지들

나는 얼마 전 옛 동요를 생각하며, 중세의 로맨스 소설을 그리워하며 피커딜리 거리를 걸어 내려가고 있었다.

장사꾼들이 검은 프록코트와 검은 모자를 쓰고 지나가는 것을 보면서 나는 동화책에 쓰여 있는 다음과 같은 오래된 문장을 떠올렸다. '런던의 상인들, 그들은 새빨간 옷을 입는다.'

거리는 낭만적이지 못하고 음울했지만 받아들일 수밖에 없는 현실이었다. 내 생각은 개들이 짖어 대는 바람에 중단됐다. 작은 개, 큰 개 할 것 없이 거리의 모든 개들이 짖어 대는 것 같았다. 그놈들은 모두 내가 오는 방향인 동쪽을 향해 짖고 있었다. 이상해서 뒤를 돌아보니, 택시 정류장을 지나자마자 있는 집들 위로 환영이 펼쳐졌다.

키가 크고 허리가 굽은 남자들이 화려한 외투를 차려입고 거리를 걸어 내려오고 있었다. 모두 다 안색이 나빴고 머리카락은 거무스름했으며 대부분 괴상한 모양의 턱수염을 기르고 있었다. 천천히 내려오는 그들은 한 손에는 막대기를 쥐고 있었으며, 한 손은 동냥을 하기 위해 내밀고 있었다.

거지들이 전부 이 도시로 온 것이었다.

그들에게 옛 카스티야 왕국의 탑이 새겨진 금화라도 주고 싶었지만 내게는 그런 동전이 없었다. 그러나 그들에게 택시(오, 놀랍도록 잘못 만들어진 말이여. 어느 사악한 집단의 암호임에 틀림없다)를 이용한 후 팁처럼 던져 주는 동전을 내줄 수는 없었다. 그들은 그런 동전과는 어울리지 않아 보였다. 그들은 가장자리에 넓게, 혹은 좁게 녹색 천을 댄 보라색 외투를 입고 있었다. 또 몇 사람은 오래되어 닳은 붉은 외투를 입고 있었고, 몇 사람은 연보라색 외투 차림이었다. 검은색 코트를 입은 사람은 아무도 없었다. 그들은 신들이 영혼을 구걸하듯 우아하게 구걸을 하고 있었다.

나는 가로등 곁에 서 있었다. 그들 중 한 명이 내 가까이로 다가오더니 가로등을 형제라 부르며 입을 열어 이렇게 말했다. "오 가로등이여, 어둠 속의 우리 형제여, 밤의 물결 속에 너로 인해 좌초된 자가 여럿이었다고 걱정하고 있는가? 잠들지 말라, 형제여. 좌초된 자가 여럿이었으나 그대 때문은 아니었다."

이상했다. 나는 가로등의 위용도, 그것이 떠도는 사람들을 오랫동안 지켜본다는 사실도 생각해 본 적이 없었다. 그러나 가로등은 분명 이 외투 입은 낯선 자들의 주의를 끌고 있었다.

잠시 뒤 한 사람이 거리에게 중얼거렸다. "지쳤는가, 거리여? 그러나 조금만 더 지나면 사람들이 그대를 타르와 나뭇조각으로 덮어 줄 것이다. 참을성 있게 기다려라, 거리여. 그리고 곧 지진이 온다."

"너희는 누구인가?" 사람들이 말했다. "너희는 어디서 왔는가?"

"우리가 누구이고 어디서 왔는지 말할 수 있는 사람은 아무도 없다." 거지들의 대답이었다.

그러고는 한 거지가 연기로 얼룩진 집 쪽으로 돌아서며 말했다. "사람들이 꿈을 꾸는 저 집들에게 축복 있으라."

그 순간 나는 전에는 생각지 못했던 것을 깨달을 수 있었다. 거기 서 있는 모든 집들은 서로 전혀 닮지 않았다는 것을. 그 안에 각각 다른 꿈을 간직하고 있었기 때문이다.

또 다른 거지가 공원 울타리 곁에 선 나무를 향해 말했다. "안심하라, 나무여. 들판이 다시 올 것이다."

그동안 계속해서 보기 흉한 연기가 하늘 위로 올라가며 낭만의 숨통을 막고 새들을 검게 만들고 있었다. 그 연기만은 그 거지들도 찬미하거나 축복하지 못하리라 생각했다. 그러나 그들은 연기를 향해 고개를 돌리더니, 수천 개의 굴뚝을 향해 손을 들어 말했다. "연기여. 어둠 속에 그토록 오래, 그토록 조용히 숨어 있었던 오래된 석탄들이 이제 춤추며 태양에게 돌아갈 것이다. 땅을 잊지 마라, 형제여. 너는 태양의 기쁨을 누릴 것이다."

비가 와서 칙칙해진 개울물이 더러운 시궁창으로 뽀글뽀글 거품을 내며 흘러가고 있었다. 버려진 역겨운 쓰레기 더미를 그러모은 그 물은, 사람도 태양도 알지 못하는 칙칙한 하수구로 내려가고 있었다. 그 칙칙한 개울물이야말로 아름다움은 죽었으며 낭만은 도주해 버린 이 도시의 혐오를 증명해 주는 것 같았다.

초록색으로 넓게 가장자리를 댄 보라색 외투를 입은 자가 말했다. "형제여, 아직은 희망을 가져라. 너는 반드시 유쾌한 바다에 도달하여 거대하게 솟아오른, 오래 여행한 배들을 만날 것이며, 황금 태양을 아는 섬들 사이에서 기뻐할 것이다." 그들은 심지어 시궁창까지 축복하고 있었다. 하지만 나는 그들을 경박하게 비웃고 싶지 않았다.

거지들은 검고 흉한 코트와 찌그러진 괴물 같은 번쩍이는 모자를 쓴 사람들도 축복했다. 그중 하나가 이 검은 시민 중 하나에게 말했다. "오 밤의 쌍둥이여, 그대의 목과 손목은 밤하늘에 떠 있는 별처럼 희구나. 너는 검은색으로 너의 감추어진, 아무도 추측하지 못하는 욕망을 단단히 가리고 있구나. 네 안의 깊은 생각이 보라색에게는 '안 돼'라고 하고 사랑스러운 녹색에게는

'사라져라'라고 말하고 있구나. 너는 앞으로도 반드시 너의 생생한 상상력과 무시무시한 환상을 검은색으로 길들이고 감추어야만 한다. 그렇게 천사와 요정의 꿈을 벽으로 가두었기 때문에, 미혹되지 않고 네 영혼을 보호할 수 있었지 않느냐? 신도 진흙 속 몇 길이나 되는 깊은 곳에 금강석을 숨기신다. 어떤 환희도 너의 경이로움을 훼손시킬 수 없다. 너는 굉장한 비밀을 갖고 있다. 더욱 경이로워지고 신비로 가득하라.”

그러나 검은 프록코트의 남자는 그들을 말없이 지나쳤다. 하지만 나는 그 검은 시민이 인도와 무역을 하고 있는 기묘하고 소리 없는 야심에 찬 인물이라는 것, 그의 침묵이 고대의 엄숙주의에서 비롯됐다는 것, 그 침묵은 어느 날 거리에서 울리는 환호나 누군가의 노랫소리로 깨어질 수 있다는 것, 또한 그가 말을 시작하면 세계의 틈이 갈라져 사람들이 그 심연을 들여다볼 수 있으리라는 것을 깨달았다.

거지들은 아직 봄이 깃들지 않은 녹지 공원 쪽으로 돌아서서 얼어붙은 잔디와 잎망울을 피우지 않은 나무를 보면서 다 함께 노래하며 수선화를 예언했다.

거리를 따라 내려온 버스가 아직도 흉포하게 짖어 대는 개들 몇 마리를 거의 칠 뻔하고는 시끄럽게 경적을 울려 댔다.

그 순간 그 환영은 사라졌다.

얀 강가의 한가한 나날

　　나는 수풀을 지나 얀 강가로 내려와서, 예언에서 들은 대로 막 닻줄을 풀려 하는 배 '강에 사는 새'를 발견했다.

　　선장은 보석이 박힌 칼집에 넣은 신월도新月刀를 내려놓고 흰 갑판 위에 다리를 꼬고 앉아 있었고, 선원들은 날쌔게 돛을 펴서 배를 얀 강의 주류에 실으려 애쓰면서 고대의 노래를 부르고 있었다. 그러자 신들이 거하는 먼 산악 지대의 눈으로 차갑게 식혀진 저녁 바람이, 초조해하는 도시로 몰려드는 기쁜 물결처럼 날개 모양의 돛 안으로 들어왔다.

　　우리는 얀 강의 주류에 도달했고, 선원들은 큰 돛을 내렸다. 나는 선장에게 인사를 하며 그가 어디 출신인지, 거기서는 어떤 신들을 섬기는지 물었다. 선장은 자신은 아름다운 벨준드에서 왔으며 그곳에서는 가장 보잘것없고 겸손한 신들을 섬기는데, 그 신들은 기아나 천둥은 거의 내려 보내지 않고 그저 조그만 전투를 일으키며 마음을 달랜다고 했다. 내가 유럽에 있는 아일랜드에서 왔다고 하자 선장과 모든 선원들이 웃으며 꿈속에서도 그런 나라는 본 적이 없다고 했다. 그들이 웃음을 멈추자 나는 고쳐 말했다. 내 환상이 주로 머무는 곳은 저주받은 골도트라 불리는 아름다운 푸른 도시 가까이에 있는 쿠파르-놈보라는 사막이며, 늑대 떼와 그들의 그림자가 파수를 보는 그 도시는 신들의 저주로 몇 년이나 버려져 있다고. 또한 때때로 나의 꿈은 멀리 푼가르 비스까지 나를 데리고 가는데, 분수가 있는 붉은 성벽의 그 도시는 근처의 섬들과 교역을 하고 있다고 했다. 그러자 그들은 내 환상이 머무는 곳을 칭송하며, 그런 도시들을 한 번도 본 적은 없지만 분명 상상할 수 있다고 말했다. 그날 저녁 내내 나는 선장과 흥정을 벌였다. 신과 강물이 얀 강의 입구인 '바르-울-얀' 절벽까지 안전하게 데려다 준다면, 내가 뱃삯으로 얼마를 지불해야 할지를 놓고.

저물녘이 되자 지상과 천상의 모든 색채가 해와 함께 축제를 벌였으나, 밤이 다가올수록 색채들은 하나씩 사라졌다. 앵무새는 보금자리를 찾아 양쪽 강둑의 정글 속으로 날아갔고, 높은 나뭇가지에 줄지어 앉은 원숭이들은 말없이 잠들었으며, 숲 속 깊은 곳에서는 반딧불이 날아다녔고, 강물 위로 거대한 별들이 번쩍이며 나타났다. 선원들이 등불을 켜서 배 주위에 매달자 그 갑작스러운 빛이 얀 강을 현혹시켰다. 그러자 강의 무른 강둑을 따라 먹이를 찾던 오리들이 날아올라 높은 공중에서 널따란 원을 그리다가, 얀 강과 정글을 부드럽게 감싸는 흰 안개를 보고는 다시 강둑의 늪지대로 돌아갔다.

그러자 선원들은 갑판에 무릎을 꿇고 기도했다. 한 번에 대여섯 명씩만 나란히 무릎을 꿇고 앉았다. 서로 다른 신앙을 가진 사람들만이 동시에 기도할 수 있었기 때문이다. 한 사람이 기도를 끝내면 즉시 같은 신앙을 가진 다른 사람이 그 자리를 대신했다. 그렇게 대여섯 명이 한 줄로 무릎을 꿇고 펄럭이는 돛 아래 머리를 숙이고 있는 동안, 얀 강의 주류는 우리를 바다 쪽으로 데리고 갔다. 등불 사이에서 울려 퍼지는 그들의 기도는 별들까지 이르고 있었다. 선미 쪽에서는 키잡이들이 큰 소리로 기도를 올렸는데, 그것은 신앙과 상관없이 얀 강의 모든 키잡이들이 올리는 기도였다. 선장은 그가 믿는 조그맣고 보잘것없는, 벨준드의 신들에게 기도를 드렸다.

나도 기도를 해야겠다고 느꼈다. 그러나 연약하고 사랑스러운 이교의 신들이 불리는 그곳에서 그들을 질투하는 하느님에게 기도를 하고 싶지는 않았다. 그 순간 정글 사람들로부터 오래전 버려져 이제는 숭배받지 못하는 세올 누가노트 신이 떠올랐고,

그에게 기도를 했다.

그렇게 기도하는 우리 위로, 기도를 올리는 사람에게나 그렇지 않은 사람에게나 공평하게 찾아오는 어둠이 내려앉았다. 다가올 위대한 밤을 생각하며 우리는 기도로 스스로의 영혼을 달래고 있었다.

그렇게 얀 강은 우리를 태우고 장엄하게 나아갔다. 폴티아데스 강이 하프의 언덕에서부터 실어 온 녹은 눈과 홍수로 불어난 미그리스 강의 물결도, 얀 강의 흐름에 기운을 더해 주고 있었다. 강은 온 힘을 다하여 우리를 싣고 키프와 피르를 지났으며, 마침내 굴룬자의 불빛이 보였다.

키잡이를 제외한 우리 모두는 잠이 들었고, 키잡이는 배를 얀의 중류에 머무르게 했다.

외로운 밤을 내내 노래로 달래던 키잡이는 해가 뜨자 노래를 멈추었다. 그러자 우리는 모두 깨어났고, 키잡이는 다른 사람에게 키를 넘겨주고 잠이 들었다.

우리는 곧 만다룬에 도달할 예정이었다. 식사 준비를 하는 사이 만다룬이 나타났다. 선장이 명령을 내리자 선원들은 커다란 돛을 풀었고, 배는 방향을 바꿔 얀의 흐름을 떠나 불그스름한 성벽 아래에 있는 만다룬의 항구로 들어갔다. 우리는 뭍으로 나갔고, 선원들이 과일을 따는 동안 나는 혼자서 만다룬의 성문까지 걸어갔다. 성문 밖에 있는 몇 채의 오두막에 파수병이 살고 있었다. 길고 흰 턱수염을 기른 그는 녹슨 미늘창을 들고 성문 앞에 서 있었다. 그가 쓴 큰 안경은 먼지로 덮여 있었다. 나는 그 성문 너머로 도시를 볼 수 있었다. 도시는 죽음과도 같은 정적에 덮여 있었다. 도로는 사람의 발길이 닿지 않은 것 같았고, 집들의 현관에는 이끼가 무성했으며, 시장에 쌓인 물건들은 잠든 채 놓여 있었다. 향 냄새와 불탄 양귀비 냄새가 흘러나오고 있었고, 먼 곳에서 종소리가 아련히 메아리쳤다. 나는 얀 지방의 언어로 파수병에게 말했다.

"이 도시는 어찌하여 이렇게 잠들어 있습니까?"

"도시의 주민들을 깨우지 않기 위해 이 성문에서는 아무도 질문을 하지 못하게 되어 있습니다. 주민들이 깨어나면 신들이 죽기 때문입니다. 신들이 죽으면 인간은 더 이상 꿈을 꾸지 못합니다."

내가 그에게 이 도시에서는 어떤 신을 숭배하느냐고 묻자 그는 미늘창을 쳐들었다. 그곳에서는 질문이 금지되어 있었기 때문이다. 나는 그곳을 떠나 배 '강에 사는 새'로 돌아갈 수밖에 없었다.

만다룬의 불그스레한 성벽 위로 보이는 하얀 꼭대기와 초록빛 구리 지붕은 아름다웠다.

'강에 사는 새'에 도착하자 선원들도 배로 돌아와 있었다. 곧 우리는 닻을 올려 다시 항해를 시작했고 강의 중류에 도달했다.

해는 정오를 향해 움직이고 있었고, 온 세상을 향해 흘러가는 강으로 헤아릴 수 없이 많은 합창 소리가 들려왔다. 사람이 팔꿈치를 발코니에 얹듯, 공기 중에 자신의 얇은 날개를 얹은 다리가 여럿 달린 작은 생물들이 해를 향해 보내는 기쁘고도 장엄한 찬미였다. 그 생물들은 숙련된 솜씨로 빠른 춤을 추며 공기와 함께 움직였고, 대기를 식히는 산들바람에 난초에서 떨어지는 물방울을 피하기 위해 옆으로 돌기도 했다. 그러면서 내내 다음과 같은 승리의 노래를 불렀다.

"우리의 위대하고 성스러운 아버지 태양이 우리와 같은 생명을 늪지로 더 불러오지 못할지라도, 오늘 밤 세상이 모두 끝날지라도, 오늘 하루는 우리를 위한 것이다." 그들은 이 노래를 인간의 귀에 익숙한 곡조로, 혹은 인간이 한 번도 들어 보지 못한 곡조로 번갈아 노래했다.

그들에게 비 오는 날은 인간에게 전쟁의 시기와 같았다. 물론 인간들은 전 생애 동안 버림받은 대륙에서 전쟁을 치르는 신세이긴 하지만.

그때 열기가 피어오르는 정글의 어둠으로부터 거대하고 게으른 나비들이 해를 보기 위해 나왔다. 그들은 대기의 흐름을 따라 한가롭게 춤을 추었다. 마치 자신의 땅에서 쫓겨나서도 자존심만은 버리지 않은 어느 여왕이 집시에게 목숨을 부지할 빵을 구하듯이.

나비들은 보라색 난초와 사라진 분홍색 도시와 시들어 가는 정글 괴물의 색채에 대해 노래했다. 그 노랫소리는 인간인 우리 귀에는 들리지 않았지만, 나비들이 강을 떠나 숲에서 숲으로 옮겨 가는 모습만큼은, 그들을 화살처럼 쫓아가는 새들만큼이나 아름다웠다. 때때로 나비들은 숲 주위를 살며시 맴돌다가 나무를 타고 올라 밀랍처럼 새하얀 꽃 위에 내려앉기도 했다. 그 거대한 꽃 위에서 반짝이는 그들의 보라색 날개는, 사막의 대상들이 싣고 다니는 비단처럼 눈부셨다.

　　이윽고 해가 인간과 짐승 위로 졸음을 내렸다. 강의 괴물들은 강변의 끈끈한 진흙 속에 잠들어 있었다. 선원들은 갑판에 나온 선장을 위해 금술이 달린 천막을 펼친 뒤, 키잡이만 남기고 모두들 두 개의 돛대를 차양 삼아 누웠다. 그러고는 서로서로 자신의 고향에 대해, 혹은 자신이 믿는 신이 베푼 기적에 관해 이야기를 나누다가, 모두 잠에 빠졌다. 선장은 금술이 달린 천막으로 나를 들어오라 했고, 그곳에서 우리는 한동안 이야기를 나누었다. 그는 페르돈다리스에서 물건을 판 후 아름다운 벨준드로 다시 돌아갈 거라고 말했다. 나는 천막 틈으로 강을 이리저리 가로지르는 화려한 새들과 나비들을 바라보다가 잠들었다. 꿈속에서 나는 아치형 깃발이 걸린 내 나라의 수도로 들어서는 군주였고, 거기엔 세상의 모든 음악가들이 제각각 자기 악기로 아름다운 가락을 연주하고 있었다. 그러나 아무도 환호하지는 않았다.

오후에 날이 다시 선선해지면서 깨어난 나는, 선장이 벗어 두었던 신월도를 다시 허리에 차는 것을 보았다.

이제 우리는 강 위에 있는 아스타한의 넓은 왕궁으로 들어서고 있었다. 고풍스러운 모양의 신기한 배들이 궁전 계단에 사슬로 매여 있었다. 문이 열린 그 대리석 왕궁의 삼면으로 기둥들이 세워져 있는 도시가 보였다. 그 도시 사람들은 고대의 의식에 따라 궁 안을, 세워진 기둥 사이를 엄숙하고 조심스럽게 걸어 다녔다. 도시 안은 고대의 기묘한 기계장치들로 가득했고, 집들은 오래전에 부서진 부조로 장식되어 있었다. 사방으로 오래전 지구상에서 사라진 짐승들의 돌조각상도 보였다. 용, 그리핀, 히포그리프❖와 여러 종의 이무기들이었다. 물질적인 것이든 의례적인 것이든 아스타한에서 새로운 것은 아무것도 없었다. 그곳 사람들은 우리가 지나가도 전혀 신경 쓰지 않고 그저 고대의 행진과 의식을 계속할 뿐이었고, 선원들 역시 그들의 관습을 잘 알고 있었기에 그들에게 주의를 기울이지 않았다. 나는 물가에 서 있는 사람을 불러서, 아스타한 사람들은 무슨 일을 하며 그들의 생산품은 무엇이고 누구와 교역하는지를 물었다. 그는 말했다.

"우리는 시간에 족쇄와 쇠고랑을 채웠는데, 그렇지 않았다면 시간이 신들을 살해했을 것이오."

---

❖ 몸의 앞은 독수리, 뒤는 말 모양을 한 상상의 괴물.

이 도시에서는 어떤 신들을 숭배하느냐고 하자 그가 대답했다. "시간이 아직 살해하지 않은 모든 신들을 숭배하지요."

그러고는 돌아서더니 더 이상 아무 말 없이 고대의 관습에 따라 행동하는 데만 마음을 쏟았다. 우리는 다시 얀 강의 뜻에 따라 아스타한을 떠나 앞으로 나아갔다. 강은 아스타한 아래에서 더 넓어졌고, 물고기를 잡아먹는 새들이 더 많이 보였다. 매우 훌륭한 깃털을 가진 그 새들은 긴 목을 앞으로 뻗은 채 다리를 바람에 실어 강의 주류를 따라 날아다녔다.

저녁의 어둠이 깃들더니, 짙은 안개가 강 위로 부드럽게 날아올라 길게 뻗은 나뭇가지를 붙잡고 높이, 더 높이, 대기를 차갑게 식히며 올라갔다. 정글 속으로 멀어져 가는 그 하얀 형체는 마치 난파당한 선원들의 유령이 그들을 난파시킨 사악한 정령들을 쫓는 모양 같았다.

난초들이 자라고 있는 정글의 평편한 꼭대기 위로 해가 가라앉자, 강의 괴물들이 더운 낮 동안 누워 있었던 끈끈한 진흙 속에서 어기적거리며 빠져나왔고, 거대한 짐승들이 물을 마시러 내려왔다. 나비들은 벌써 전에 휴식을 취하러 떠난 뒤였다. 해는 아직 완전히 저물지 않았지만, 우리가 지나가는 좁은 지류에는 이미 밤이 온 것 같았다.

집으로 날아오는 새들의 가슴이 저물녘의 분홍빛으로 반짝였는데, 그 새들은 얀 강을 보자마자 날개를 낮추어 숲 속으로 떨어졌다. 붉은머리오리들의 거대한 무리가 휘파람을 불며 강을 거슬러 올라가다가 갑자기 방향을 바꾸어 반대편으로 내려가곤 했다. 작은 화살 모양의 물오리들이 우리 옆을 재빨리 지나가기도 했다. 바로 그때 거위 떼의 울음소리가 들렸는데, 선원들은 그 거위들이 리파시아 산 너머의 나루터에서 왔다고 했다. 매년 믈루나 산 정상 왼쪽에서 길을 떠나 같은 경로로 이동하는 그 거위 떼의 이동 시간과 경로를 산독수리들이 정확히 알고 있다는 말도 해주었다. 밤이 깊어지자 거위 소리는 들리지 않았고, 수없이 많은 새들의 파닥거리는 날갯짓 소리가 들렸다. 강둑을 따라 자리 잡은 그 밤새들이 곧 날아갈 채비를 하고 있었다. 선원들이 밤을 밝힐 등불을 켜자 거대한 나방들이 배 주위로 퍼덕거렸으며, 때때로 그 매혹적인 색상이 등불 빛에 드러나기도 했다. 선원들은 다시 저녁 기도를 올렸고, 저녁 식사를 마친 뒤에는 우리의 목숨을 돌볼 키잡이만 남긴 채 모두 잠들었다.

깨어났을 때 우리는 그 유명한 도시 페르돈다리스에 도착해 있었다. 우리 왼쪽으로 보이는 그 도시는 너무나도 아름다웠는데, 그동안 우리가 정글만 보아 왔기에 더욱 그렇게 보였는지도 모른다. 우리는 시장 근처에 닻을 내렸다. 선장의 상품들이 진열되자 페르돈다리스의 상인이 멈추어 서서 그것을 들여다보았다. 잠시 후 갑판에 서 있던 선장이 손에 쥐고 있던 신월도를 바닥에 내리꽂는 바람에 나뭇조각이 튀어 올랐다. 상인이 제시한 가격이 선장과 선장 나라의 신들을 모욕하는 가격이었기 때문이다. 선장은 자기 나라의 신들을 무서워할 줄 알아야 한다면서 상인에게 호통을 쳤으나, 상인은 통통한 분홍빛 손바닥을 내저을 뿐이었다. 상인은 자신이 이득을 따져 그러는 것이 아니라 도시 너머의 오두막에 있는 가난한 사람들에게 상품을 가능한 한 낮은 가격으로 팔아야 해서 그런다고 주장했다. 실제로 선장이 진열한 상품은 마룻바닥에서 스며드는 외풍을 막아 주는 두꺼운 토마룬드 깔개와 담뱃대에 넣고 피우는 톨룹이었다. 상인은 이 물건들이 비싸면 가난한 사람들은 겨울에도 깔개 없이 지내야 하고, 저녁에는 담배를 피울 수 없을 것이며, 자신과 자신의 늙은 아버지도 굶게 될 것이라고 말했다. 그의 말에 선장은 신월도를 자기 목에 갖다 대더니 이제 자신에게 남은 것은 죽음뿐이라고 말했다. 선장이 왼손으로 조심스럽게 턱수염을 추켜올리는 동안 상인은 상품을 다시 곁눈질했다. 그러더니 선장이 배를 다루는 솜씨에 처음부터 감탄하고 있었으며, 덕망 있는 선장이 죽는 것을 보느니 자신과 나이 든 아버지가 굶는 편이 낫겠다면서 15피펙을 더 내겠다고 했다.

그러자 선장은 바닥에 엎드리더니, 그 돈을 받느니 벨준드의 신들에게 너의 쓰디쓴 심장을 가져가게 하겠다고 말했다.

마침내 상인은 아까 말한 것보다 5피펙을 더 내겠다고 했다. 그러자 선장은 그가 자신의 신들에게 버림받았다며 울었다. 그러자 상인도, 이제 자신의 늙은 아버지가 굶어 죽게 생겼다며 울었다. 하지만 상인은 흐느껴 우는 얼굴을 가린 양손 사이로 톨룹을 곁눈질하고 있었다. 마침내 흥정은 마무리되었다. 상인은 토마룬드와 톨룹을 가져가며 쨍강쨍강 소리가 나는 거대한 지갑에서 돈을 꺼내 값을 치렀다. 그는 그 물건들을 상자에 넣어 노예세 명으로 하여금 운반하게 했다. 그제야 갑판 위에 초승달 모양으로 둘러서서 다리를 꼬며 흥정을 지켜보고 있던 선원들이 만족스럽다는 듯 이야기를 시작했고, 이전에 있었던 흥정 이야기를 털어놓았다. 페르돈다리스에는 일곱 명의 상인이 있는데, 그들은 각자 따로 선장을 찾아와 다른 상인을 조심하라고 선장에게 경고했다고 한다. 선장은 그 상인들 모두에게 아름다운 고국 벨준드에서 만든 포도주를 권했으나, 상인들은 절대 그것을 마시지 않았다면서.

어쨌거나 이제 흥정은 끝났고, 선원들이 그날의 첫 식사를 하기 위해 자리에 앉자 선장은 포도주 한 통을 들고 나타났다. 우리는 조심스럽게 그 마개를 열어서 함께 즐겼다. 선장은 진심으로 기뻐하고 있었다. 이번 흥정을 성공시켜 부하들의 눈에 자신이 대단하게 보인다는 걸 알기 때문이었다. 선원들은 고국 땅의 포도주를 마시며 아름다운 벨준드와 그와 이웃한 작은 도시 두를과 두즈를 떠올렸다.

선장은 나를 위해 신성한 물건들 사이에 따로 두었던 작은 단지를 꺼내 노란색의 진한 포도주를 부어 주었다. 맛이 깊고 달콤하여 마치 꿀처럼 느껴지는 그 술에는 인간의 영혼을 지배하는 강하고 격렬한 불길이 있었다. 선장이 말했다. 그 포도주는 히안민 산의 오두막에 사는 여섯 명의 가족이 비법으로 만든 술이라고. 선장은 언젠가 그 산에서 곰 발자국을 따라가다가 사방이 낭떠러지인 좁은 길에서 돌연 바로 그 곰을 사냥한 그 가족의 남자와 마주쳤다고 한다. 그의 창이 곰의 몸속에 박혀 있었지만 치명적인 상처는 아니었고, 그에게 다른 무기는 없었다. 상처 입은 곰은 천천히 움직일 수밖에 없었다. 바로 그때 선장이 어떤 행동을 했다는데, 어떤 행동이었는지는 정확히 말해 주지 않았다. 그 후로 매년 눈이 단단해져 움직이기 쉬워지는 때가 오면, 그 남자는 벨준드로 내려와 성문 앞에 값을 따질 수 없이 귀한 그 비밀의 포도주 한 통을 선장을 위해 두고 갔다고 한다.

와인을 홀짝거리며 선장의 얘기를 듣던 나는 오래전에 계획했던 일이 떠올랐다. 그러자 내 영혼이 강해지면서 얀 강의 물결마저 지배할 것 같았다. 그러다가 나는 잠이 든 것 같다. 지금은 그 일을 세세하게 기억하지 못한다. 어쨌든 저녁 무렵에 나는 깨어났다. 선장을 깨울 수는 없었지만 이 배를 떠나기 전에 페르돈다리스를 보고 싶다는 마음에 혼자서 뭍으로 나갔다. 페르돈다리스는 그야말로 강력한 도시였다. 튼튼하고 높은 성벽으로 둘러싸여 있었고, 그 성벽에는 군대가 들어올 수 있도록 길이 뚫려 있었으며, 그 길을 따라 총안銃眼이 있었고, 1마일마다 열다섯 개의 탑이 솟아 있었으며, 낮은 곳에는 동판이 붙어 있었다. 그 동판에는 옛날에 한 군대가 페르돈다리스를 공격했다가 어떤 일을 당했는지 다양한 언어로 쓰여 있었다. 페르돈다리스로 들어가니 모든 사람들이 화려한 비단옷을 입고 춤을 추고 있었다. 그들은 지난밤 무서운 폭풍이 그들을 공포에 떨게 했다고 했다. 죽음의 불길이 페르돈다리스 위에서 춤추었으며, 천둥이 멀리 언덕 위로 떨어지더니 고개를 돌려 번쩍이는 이빨을 드러내며 으르렁거렸으며, 언덕 꼭대기로 넘어가면서 발을 굴렀다고 했다. 그들은 춤을 추다가 몇 번이고 멈춰 서서 신에게 기도했다. "오, 우리가 모르는 신이여, 천둥을 언덕 너머로 물러가게 해주신 것에 감사하나이다." 나는 계속 가서 시장에 도착했다. 거기에는 얼굴과 손바닥을 하늘로 향한 한 상인이 잠들어 있었고, 노예들이 그에게 꼬이는 파리를 쫓기 위해 부채질을 하고 있었다. 그 시장을 떠나 은의 사원을 지나 흑마노의 궁전에 이르렀다. 페르돈다리스에는 놀라운 것들이 너무 많아 계속 거기 머무르며 온갖 것들을 보고 싶었다. 도시의 외벽에 이르자 돌연 거대한 상아 문이 나타났다. 나는 그 앞에 멈춰 한동안 바라보다가 무시무시한 진실을 깨달았다. 그 문은 한 짐승의 육체에서 떨어져 나온 이빨이었다!

나는 즉시 그 문을 통과하여 배로 내달렸지만, 멀리 언덕으로

부터 그 엄청난 크기의 상아 송곳니를 떨군 공포스러운 짐승이 이빨을 찾아 발을 구르며 쫓아오는 것 같았다. 다시 배에 오르고 나서야 안심이 되었고, 선원들에게는 내가 본 것에 대해 아무 말도 하지 않았다.

선장은 그때 잠에서 깨어나고 있는 중이었다. 밤이 동쪽과 북쪽으로부터 몰려오고 있었고, 오로지 페르돈다리스의 탑 꼭대기만이 아직 저물어 가는 햇빛에 빛나고 있었다. 나는 선장에게 가서 조용히 내가 본 것을 이야기했다. 그는 즉시 그 상아 문에 대해, 다른 선원들이 듣지 못하도록 낮은 소리로 질문했다. 나는 그 문짝(이빨)만 해도 너무 무거우니 그 짐승이 멀리서부터 온 것은 아닐 거라고 말했다. 선장은 1년 전에는 거기 그런 것은 없었다고 말했다. 우리는 곧 우리 인간들로서는 그런 짐승을 절대로 상대할 수 없으며, 그 문은 최근에 저절로 빠진 그 짐승의 송곳니일 거라는 데 의견을 같이했다. 선장은 당장 도망쳐야 한다면서 선원들에게 출발 명령을 내렸고, 선원들은 즉시 돛과 닻을 올렸다. 그 도시의 가장 높은 대리석 꼭대기에마저 햇살이 사라졌을 때, 우리는 그 유명한 도시 페르돈다리스를 떠났다. 밤의 어둠이 페르돈다리스를 덮어 더 이상 그곳은 보이지 않았고, 그 뒤로도 다시는 보지 못했다. 그 후로 뭔가 놀라운 일이 일어나 하루 만에 페르돈다리스가 부서졌기 때문이다. 탑과 성벽과 사람들까지.

밤은 얀 강 위로 깊어졌다. 온통 별들로 새하얀 밤이었다. 밤과 함께 키잡이의 노래가 울려 퍼졌다. 키잡이는 그 노래를 부르기 전에 다음과 같은 키잡이의 기도를 올렸다. 그 열대의 밤을 낭랑하게 울렸던 기도를 영어로 옮겨 보자면 다음과 같다.


신이시여.

강이건 바다건, 어두운 길이건 폭풍 속이건, 땅속에서 짐승이 나타나건 바다에서 암초가 솟건, 키잡이가 술에 취했건 잠들었건, 우리를 수호하고 인도하여 우리를 오래된 땅으로 돌려보내 주소서, 우리의 먼 고향으로.

존재하는 모든 신이시여,

누구든 이 기도를 들으소서.


키잡이의 기도가 끝나자 정적이 깔렸다. 선원들이 휴식을 취하기 위해 눕자 정적은 더 짙어졌다. 그 정적을 깨는 것은 뱃머리를 가볍게 건드리는 얀 강의 물결뿐이었다. 때때로 강의 괴물이 기침을 했다.

정적과 물결, 다시 물결과 정적.

그럴 때면 외로움이 키잡이를 찾아왔고, 그는 노래하기 시작했다. 그는 두를과 두즈의 시장 노래와 벨준드의 옛 용의 전설을 노래했다.

그는 노래를 부르며 널찍하고 이국적인 얀 강에 그의 도시 두를의 작고 소소한 이야기들을 들려주었다. 그 노래가 검은 정글로부터 솟아올라 맑고 차가운 대기까지 닿았다. 그리하여 얀 강을 내려다보는 은하수들도 두를과 두즈라는 두 도시에서 일어나는 일들과 그 사이 들판에서 살아가는 양치기들에 대해, 그들이 모는 양 떼에 대해, 그들이 사랑한 연인에 대해, 또한 그들의 소망에 대해 알게 되었다. 나도 가죽과 담요를 덮고 누워 그 노래에 귀를 기울이며, 밤을 활보하는 검은 거인과도 같은 커다란 나무들의 환상적인 형체를 지켜보다가 잠에 빠졌다.

깨어났을 때는 엄청난 안개가 저편으로 멀어져 가고 있었다. 얀 강이 소란스럽게 뒤척이더니 작은 물결을 일으켰다. 태곳적 글로름 언덕으로부터 밀려오는 향기를 맡고는, 잠시 후면 그 협곡에 도착해 눈을 싣고 활기차게 내려올 사나운 이릴리온 강물을 예감할 수 있었다. 얀 강은 뜨겁고 향기로운 정글로 인해 몰려오는 잠을 떨쳐 버리고, 정글의 난초와 나비를 잊어버리고, 용솟음치며, 기대에 차서, 강력하게 나아갔다. 곧 글로름 언덕의 눈 덮인 꼭대기가 시야에 들어왔다.

선원들이 잠에서 깨어나 식사를 했다. 키잡이가 동료에게 자리를 넘겨주고 잠자리에 눕자 선원들은 그에게 최고급 털가죽을 덮어 주었다.

잠시 후 눈밭으로부터 춤추며 내려오는 이릴리온 강의 물결

소리가 들렸다.

가파르고 날카로운 글로름 언덕의 협곡들이 우리 앞에 펼쳐졌고, 그 안으로 얀 강의 물결이 빨려 들어갔다. 이제 우리는 뜨거운 김을 뿜는 정글을 떠나 산의 공기를 호흡하고 있었다. 선원들은 그 공기를 깊이 들이마시며 두틀과 두즈가 자리 잡은 그들의 고향인 먼 아크록트 언덕과 그 아래 벌판에 서 있는 아름다운 벨준드를 생각했다.

거대한 그림자가 글로름의 절벽들을 뒤덮었으나, 그 절벽들은 반들반들 빛나며 어둠을 밝혀 주었다. 눈밭으로부터 여기까지 온 이릴리온 강의 노랫소리와 춤이 점점 더 가까워졌다. 곧 언덕 정상 가까이에 있는 천상의 정원에서 작은 무지개 화관花冠을 쓴, 희고 안개로 가득한 강의 자태가 보였다. 그 강은 거대한 회색 얀 강과 함께 바다로 향했고, 협곡은 넓어져 세상을 향해 열렸으며, 우리의 흔들리는 배는 그곳을 통과하여 낮의 햇볕 속에 도달했다.

그날 아침과 오후 내내 우리는 폰도베리의 늪지를 지났다. 선장은 늪지의 지루함을 극복하기 위해 선원들에게 종을 울리라고 명령했다.

마침내 이루스의 산들이 시야에 들어왔다. 그 산기슭에는 펜―카이와 블루트 마을이 자리하고 있었으며, 그곳의 사제들이 눈사태를 맞은 사람들을 포도주와 옥수수로 진정시키고 있었다.

들판 위로 밤이 내리자 불빛과 함께 북소리가 들렸다. 그때는 키잡이만 빼고 모두 잠들어 있었다. 그날 밤 내내 키잡이는 우리가 모르는 언어로 우리가 모르는 도시에 대한 노래를 불렀다.

새벽이 오기 전에, 나는 불행한 느낌으로 깨어났다. 이날 저녁 무렵 우리는 바르-울-얀에 도착할 것이었고, 그러면 나는 선장과 선원들에게 작별을 고해야 했다. 나는 선장이 나를 위해 특별히 꺼내 준 노란 포도주를, 아크록트 언덕과 히안민 산맥 사이에 있는 그의 고향 벨준드를 생각하며 그와의 이별을 아쉬워했다. 그의 선원들이 일하는 방식이, 서로 다른 신들에게 드리는 저녁 기도가, 또한 그들이 고향 두를과 두즈에 대해 이야기하던 그 다정한 태도가 벌써부터 그리워지는 듯했다.

그들의 가족들은 얀 강과 연결되어 있는 아크록트 언덕 골짜기에 있는 집의 화덕 곁에서 그들을 기다리고 있을 것이다. 그때 갑자기 페르돈다리스 외곽에서 우리를 위협했던 그 알지 못할 짐승이 떠오르며 공포감에 시달렸다.

춥고 외로운 밤에 우리의 생명줄을 쥐고 있었던 키잡이의 이 명랑한 노랫소리도 언젠가는 그리워질 것 같았다. 바로 그때 키잡이가 노래를 멈추었다. 고개를 들어 보니 창백한 빛이 하늘을 비추고 있었다. 외로운 밤이 지나간 것이다. 새벽빛이 더 환해지자 선원들이 깨어났다.

대양의 물결이 얀 강으로 결연하게 몰려들고 있었다. 얀 강은 나긋나긋하게 태양을 향해 올랐고, 그 둘은 한동안 씨름했다. 그러다가 얀 강의 물결이 북쪽으로 밀고 나갔다. 선원들은 돛을 끌어올렸고, 그런 뒤 순풍이 불자 우리는 계속 앞으로 나아갔다.

우리는 곤다라와 나를과 하즈를 지났다. 또한 기억에 남을 성스러운 골누즈를 보았고, 순례자들의 기도 소리를 들었다.

오후의 휴식이 끝나자 우리를 실은 배는 얀 강가의 마지막에 있는 도시 넨에 다가가고 있었다. 또다시 정글이 우리를 둘러쌌으며, 만물 위로 우뚝 솟은 위대한 믈론 산이 정글 너머에서 도시를 지켜보고 있었다.

거기서 우리는 닻을 내려 넨에 올라섰다. 선장과 나는 그곳에서 어느 방랑자 부족을 볼 수 있었다. 그들은 기괴하고 어두운 부족으로, 7년에 한 번씩 믈론의 산꼭대기에 있는 어떤 환상적인 나라로부터 그들만이 아는 길을 따라 넨으로 내려왔다. 넨의 주민들 모두가 집 밖으로 나와 방랑자 부족의 남녀들이 모든 길을 메우고 있는 광경을 경탄하며 지켜보았다. 그들 모두 이상한 행동을 하고 있었기 때문이다. 어떤 이는 몸을 구부리고 사막의 바람에게서 배운 놀랍도록 재빠른 춤을 추며 빙빙 돌고 있었다. 어떤 이는 공포로 가득 찬 아름답고도 슬픈 곡조를 악기로 연주하고 있었다. 방랑자들의 고향인 사막에서 밤마다 길을 잃고 방황하는 영혼들이 그들에게 가르쳐 준 노래였다.

그들의 악기는 넨을 포함해 얀 지역 어디에서도 알려지지 않은 악기였다. 몇몇 악기들의 재료인 뿔은 얀 강 근처에서는 찾아볼 수 없는 짐승들의 것이었는데, 그 끝에는 가시가 달려 있었다. 그들은 그 누구의 것도 아닌 언어로 밤의 신비와 어둠을 떠도는 비이성적인 두려움을 노래하고 있었다.

넨의 개들은 방랑자들을 신뢰하지 않았다. 방랑자들은 무시무시한 이야기들을 들려주었는데, 넨의 주민들은 아무도 그들의 언어를 알아듣지 못했으나 그들의 얼굴에는 공포가 서려 있었다. 이야기가 계속되면서 방랑자들도 매에 붙들린 작은 짐승처럼 공포를 드러냈다. 그러자 이야기를 하던 방랑자가 미소를 지으며 말을 멈추었고, 다른 사람이 이야기를 이었다. 그러면 처음 이야기를 시작했던 사람의 입술이 두려움에 덜덜 떨렸다. 그러다가 어떤 치명적인 뱀이 나타나면 방랑자들은 그것을 형제로 맞이하였고, 뱀도 그들에게 인사하는 것 같았다. 언젠가 열대의 뱀 중에서도 가장 사납고 위험하고 거대한 뱀이 정글에서 나와 거리를 돌아다니다가 넨의 중심가에 도착했는데, 그때도 방랑자 부족은 아무도 그를 피하지 않고 그가 명예로운 존재인 양 북소리를 높이 울렸다. 뱀은 그들 사이로 움직이며 아무도 물지 않았다.

방랑자 부족의 아이들도 이상한 행동을 했다. 그들은 넨의 아이를 만나면 커다란 회색 눈으로 말없이 응시하다가 자신의 터번 속에서 살아 있는 물고기나 뱀을 천천히 끄집어내곤 했던 것이다.

　나는 계속 그곳에 머무르면서 그곳 사람들이 밤을 맞이하는 송가와 물론 산의 높은 곳에서 늑대들이 대답하는 소리를 듣고 싶었지만, 우리는 계속 바르-울-얀을 향해 가야 했다. 우리는 배에 올라 계속 얀 강을 따라 내려갔다. 그동안 선장과 나는 별말을 하지 않았다. 서로 작별을 생각하고 있었기 때문이다. 우리는 서쪽으로 기우는 불그스름한 해의 광휘를 지켜보았다. 옅은 안개가 낮게 정글을 덮었고, 그 안에서 안개와 열기가 만나 보랏빛 아지랑이로 변했다. 때때로 어느 외로운 집에서 피어오르는 연기가 도시의 연기보다 높이 솟아올라 햇살 속에 홀로 빛났다.

　해의 마지막 빛줄기가 수평을 이루었을 때, 강둑으로 보이는 두 개의 분홍빛 대리석 절벽 두 개가 강물에서 저물어 가는 햇볕과 만났다. 얀 강은 그 사이로 콸콸 흘러 나가 바다와 만났다.

　이것이 바르-울-얀, 얀 강의 수문이었다. 나는 그 수문 틈새로 형용할 수 없이 푸른 바다를 보았고, 그 위로 조그만 낚싯배들이 반짝이며 지나가고 있었다.

　짧은 황혼을 맞아 바르-울-얀의 영광과 환희는 저물고 있었으나 분홍 절벽은 아직도 빛나고 있었다. 그 대리석 같은 땅은 인간이 본 것 중에 가장 아름다운 경이의 땅이었다. 곧 황혼은 하나씩 나타나는 별들에게 자리를 내주었고 바르-울-얀의 다채로움도 시들어 갔지만, 그 절벽의 풍경은 바이올린 명장이 연주

한 화음처럼 아름다웠고, 그 음조는 인간의 전율하는 정신을 요정들의 천국으로 실어 나르는 것 같았다.

　이제 선원들은 강가에 닻을 내리고 있었다. 그들은 강의 선원이지 바다의 선원은 아니었기에, 얀 강 너머의 물결은 알지 못했다.

　선장과 이별해야 할 시간이었다. 그는 히안민 산 정상이 보이는 아름다운 벨준드로 돌아가야 했고, 나는 시인들만이 알고 있는 아지랑이 낀 들판을 향해 돌아갈 길을 찾아야 했다. 그곳에는 작고 신비한 오두막이 있었다. 창문 서쪽으로는 인간이 일군 밭이 보이고, 동쪽으로는 빛나는 마법의 산이 보이는. 눈 덮인 산 꼭대기는 신화의 땅을 향하고 있고, 그 너머에는 환상의 왕국이 있었다. 그 왕국은 인간 꿈의 땅이었다. 선장과 나는 서로를 오랫동안 바라보았다. 그를 다시는 보지 못하리라. 세월이 지나면 내 상상력이 약해져 내가 꿈의 땅을 찾는 일도 점점 드물어질 것이기에. 우리는 굳게 악수를 했다. 선장의 악수는 서툴렀는데, 그의 나라에선 악수가 인사법이 아니기 때문이었다. 선장은 작고 보잘것없으며 겸손한 벨준드의 신들에게, 내 영혼을 보살펴 달라고 기원했다.

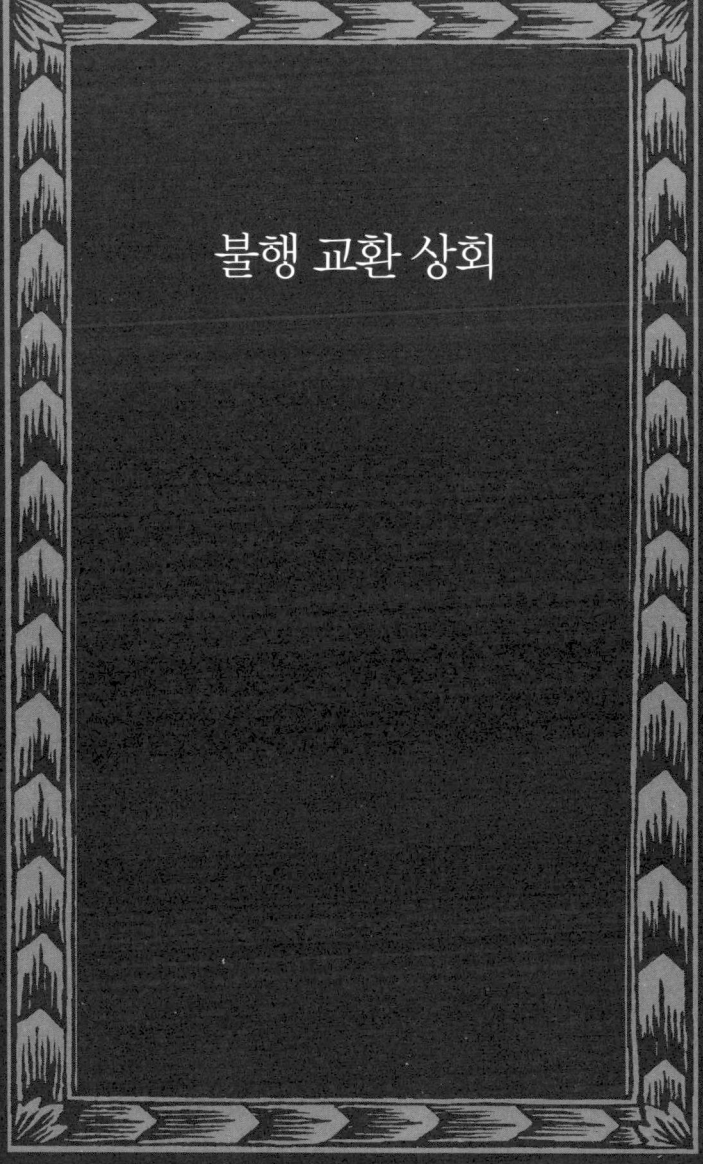

불행 교환 상회

　　나는 가끔 '불행 교환 상회'와 그 가게에 앉아 있던 꺼림칙하
고 이상한 노인을 떠올린다. 그 가게는 파리의 조그마한 거리에
있었는데, 출입구를 이루는 세 개의 나무 들보 중 가장 위의 들
보는 다른 두 개의 들보 위에 그리스문자 π 모양으로 세워져 있
었다. 출입구 외에는 온통 초록색으로 칠해진 그 가게는 이웃한
다른 건물보다 낮고 좁은 아주 색다른 집으로, 사람들의 공상을
자아냈다. 출입구 위의 낡은 갈색 들보에는 빛바랜 노란색 글자
로 '만국 불행 교환 상회'라고 쓰여 있었다.

　　나는 곧장 안으로 들어가, 카운터 옆 스툴에 나른하게 앉아
있는 노인에게 말을 걸었다. 나는 이 근사한 집의 유래와 어떤

불길한 상품을 교환하는지 등등을 물었다. 그러지 않았더라면 나는 곧바로 그 가게를 나와 버렸을 것이다. 왜냐하면 그 뚱뚱한 노인의 늘어진 볼과 죄 많은 눈에는, 그가 순수한 악의로 지옥과 거래를 하여 이익을 얻고 있음을 보여 주는 께름칙한 불길함이 담겨 있었기 때문이다.

겉으로만 보면 그 노인의 눈은 아주 조용하고 심드렁해 보였다. 만약 당신이 그 눈을 보았다면 그저 마약에 취했거나, 벽에 붙어 있는 도마뱀처럼 꼼짝하지 않는, 생기를 잃은 눈일 뿐이라고 말했을 것이다. 그런데 그 눈이 갑자기 자유롭게 풀려나더니, 잠시 전만 해도 졸고 있는 심술궂은 노인네로 보였던 그가 온갖 교활함을 이글이글 드러내었다. '만국 불행 교환 상회'의 색다른 거래는 다음과 같이 진행되었다. 손님은 먼저 20프랑을 내야 한다. 노인은 즉시 20프랑을 받아 챙긴다. 그 가게의 입장료로, 그걸 치른 손님은 자신의 불행이나 불운, 재앙을 다른 사람의 그것과 교환할 권리를 얻는다.

네다섯 명의 손님들이 가게 안쪽에 있는 작은 방에서 거래를 하고 계약을 했다. 그쪽을 보고 있으니, 분별력을 잃은 듯한 한 남자가 행복하지만 바보 같은 표정을 만면에 띠고 도망치듯 가게를 떠났다. 다른 남자는 곤혹스러운 표정으로 무척이나 괴로운 생각에 골똘히 빠진 채 떠났다. 어쨌든 손님들은 서로 반대되는 불행을 교환하고 있는 듯했다.

내가 이 뚱뚱하고 볼품없는 노인과 나눈 이야기 중에서 가장 이상하게 여긴 것은, 그리고 지금도 이상하게 여기고 있는 것은, 한 번 이 가게에서 거래를 한 사람은 아무도 두 번 다시 찾아오지 않는다는 점이었다. 몇 주일 동안 매일 찾아오는 사람도 있다. 하지만 일단 거래를 하고 나면 두 번 다시 찾아오지 않았다. 내가 노인에게 그 이유를 묻자 그는 자기도 모르겠다며 얼버무렸다.

오로지 그 기묘한 이유를 찾겠다는 일념으로 나는 수수께끼로 가득 찬 이 가게의 안쪽에 있는 작은 방에서 조만간 거래를 해보기로 결심했다. 나는 아주 사소한 재앙을, 그와 비슷한 사소한 재앙과 거래하려고 마음먹었다. 그것은 너무도 사소해서 상대방에게 불운을 주는 것도 아니었고 나 스스로에게도 이익이 될 게 없었다. 나는 사람들이 지금까지 이런 괴이한 거래를 통해 결코 이익을 얻지 못했음을 증명하기 위해 그런 결심을 한 것이었다. 만약 그 이익이 엄청나다면 신들이나 마녀들이 그것을 알고 그 거래들을 교란시키려 했으리라.

나는 이삼일 안에 영국으로 돌아갈 예정이어서 슬슬 뱃멀미가 걱정되던 참이었다. 실제로 뱃멀미가 심했기 때문이 아니라 그저 두려웠기 때문이다. 나는 그것을, 그와 비슷한 사소한 재앙과 교환하기로 했다. 어떤 사람과 교환하게 될지도 몰랐고 또 누가 실제로 이 가게의 최고 책임자인지도 몰랐다(물건을 살 때 이런 것을 알고 사는 사람은 없다). 그러나 아무리 사소한 거래라도 하나에서 열까지 모두 잘 해낼 수 있는 사람은 없을 것이다.

나는 노인에게 내 계획을 이야기했다. 그러자 그는 나의 소심한 상품을 비웃으며 좀 더 엉큼한 거래로 나를 끌어들이려 했다. 그러나 그는 내 목적을 바꾸지 못했다. 그러자 그는 뽐내는 듯한 태도로 예전에 취급했던 굉장한 거래에 대해 이야기를 시작했다. 한 남자가 죽음을 교환하려고 이곳으로 달려온 적이 있었다고 한다. 그 남자는 실수로 독약을 마셔 열두 시간밖에 살 수 없었다. 사악한 노인은 그 남자의 거래를 성사시켜 주었다. 마침 자신의 불행을 교환하려고 온 사람이 있었던 것이다.

"그 남자는 죽음과 교환하여 뭘 얻었나요?" 내가 물었다.

"그야 삶이지요." 음흉한 노인은 은밀하고도 득의만만한 미소를 지으며 대답했다.

"필시 끔찍한 삶이었겠지요?"

"그거야 내 알 바 아니지요." 가게 주인은 호주머니에 든 동전 20프랑을 나른하게 짤랑거리면서 말했다.

나는 그다음 며칠 동안 그 가게에서 이루어지는 기묘한 거래를 관찰하며 지냈다. 구석진 곳에서 두 사람이 기묘한 비밀 이야기를 나누다가 일어서서 안쪽에 있는 방으로 들어가는 식이었다. 그러면 노인은 그 거래를 인증하기 위해 뒤따라 들어갔다.

일주일 동안 나는 오전과 오후, 하루에 두 번씩 20프랑을 지불하고 삶의 커다란 바람과 사소한 바람들이 펼쳐 놓는 놀랄 만큼 다양한 모습들을 지켜보았다.

그러던 어느 날 나는 아주 사소한 바람밖에 갖고 있지 않은, 느낌이 좋은 사내를 만났다. 그는 딱 내가 바라는 정도의 불행을 갖고 있는 것 같았다. 그는 늘 엘리베이터가 고장 나지나 않을까 걱정하고 있었다. 그러나 나는 기계에 대한 지식이 풍부해 그런 두려움을 가지고 있지 않았고, 그의 바보 같은 두려움을 고치는 것은 내 몫이 아니었다. 나는 그가 교환할 불행으로 나의 것이 알맞다고 설득했고, 거기엔 그리 많은 말이 필요하지 않았다. 그에게는 바다를 건널 일 자체가 없었고, 나 역시 최악의 경우 계단을 걸어 올라가면 그만이었다. 이 가게를 찾는 많은 사람들이 그랬듯이, 나 역시 그런 시시한 공포는 나를 괴롭힐 수 없다고 생각했다. 그러나 사실 그런 시시한 공포가 사람의 인생에 재앙을 일으키는 불씨가 된다. 우리 두 사람은 여기저기 거미줄이 쳐져 있는 안쪽의 작은 방에서 양피지에 서명을 했고, 노인이 인증 서명을 했다(그것을 위해 우리는 각자 50프랑을 지불했다). 그러고 나서 나는 호텔로 돌아갔고, 거기서 그 치명적인 물건을 보았다. 사람들이 나에게 엘리베이터를 탈 거냐고 물었고, 나는 습관적으로 그러겠다고 했다. 하지만 막상 타자, 올라가는 내내 숨을 죽이고 두 손을 꽉 쥐어야 했다. 누구도 두 번 다시 나를 거기 태

울 수 없을 것이다. 그럴 바엔 차라리 기구氣球를 타고 방으로 올라갈 것이다. 왜냐고? 기구는 고장이 나더라도 다른 기회가 있기 때문이다. 낙하산이 펼쳐진다거나 나무에 걸린다거나, 아무튼 여러 가지 일이 일어날 수 있다. 그러나 엘리베이터가 떨어지면 그것으로 끝장이다. 이제 뱃멀미는 두 번 다시 하지 않을 것 같았다. 하지만 나는 단지 그렇다는 것만 알 뿐, 왜 그렇게 되었는지는 당신에게 설명할 수 없다.

다음 날 나는 그 놀라운 거래를 한 가게, 거래가 끝나면 아무도 다시 찾지 않는다는 그 가게를 찾아 나섰다. 그 허름한 곳을 나는 눈을 감고도 찾아갈 수 있었다. 초라한 좁은 길을 끝까지 들어가면, 그 기묘한 가게가 있는 막다른 골목이 나온다. 그 가게 옆에는 세로로 홈이 파인 붉은 기둥이 있는 가게가 있고, 다른 쪽 옆에는 쇼윈도에 싸구려 은 브로치를 늘어놓은 보석 가게가 있다. 들보가 있으며 벽을 초록색으로 칠한 노인의 가게는, 그렇게 어울리지 않는 건물들 사이에 끼어 있었다.

지난주에 매일 두 번씩 찾아갔던 그 막다른 골목길에 나는 30분쯤 서 있었다. 붉게 칠해진 기둥이 있는 가게와 브로치를 팔고 있는 보석 가게가 보였다. 그러나 세 개의 들보가 있는 그 초록색 가게는 사라지고 없었다.

여러분은 하룻밤 사이에 헐렸나 보다라고 말할지 모른다. 그러나 그것은 이 수수께끼의 해답이 될 수 없다. 왜냐하면 세로로 홈이 파인 붉은 기둥이 있는 가게와 싸구려 은 브로치를 파는 보석 가게(그 브로치는 모두 내가 감별할 수 있다)는 딱 붙어 있었기 때문이다.

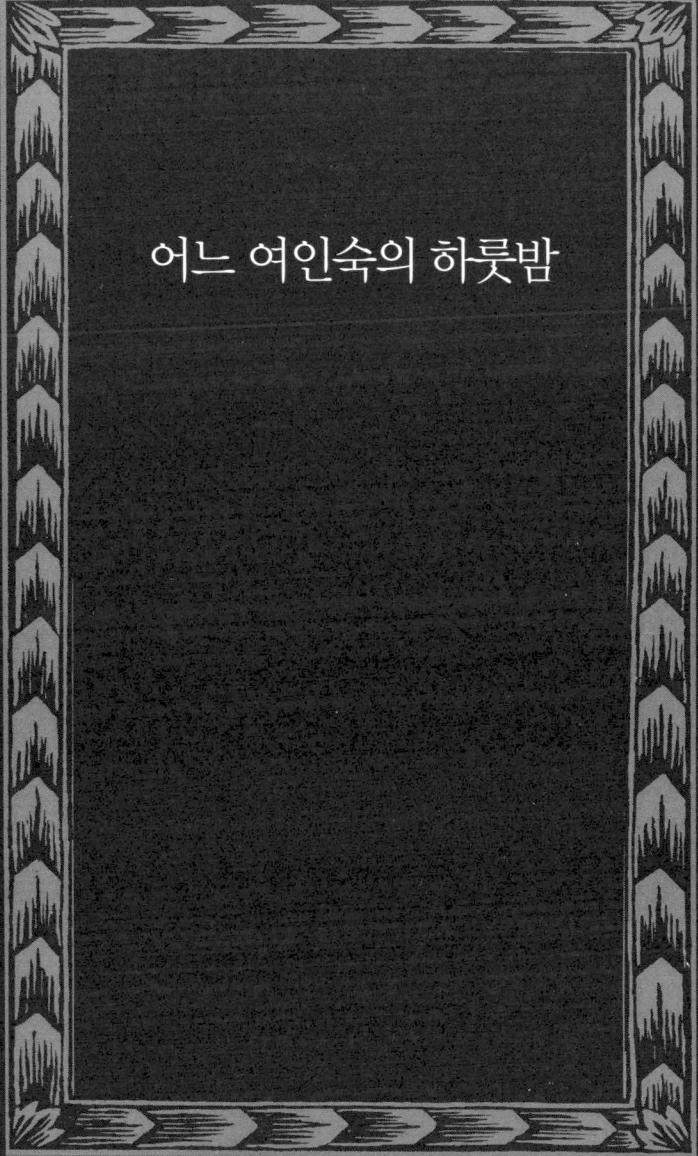

어느 여인숙의 하룻밤

A Night at an Inn

## 등장인물

A. E. 스콧 – 포테스큐 ('멋쟁이', 추레한 신사)

윌리엄 존스 (빌)

앨버트 토머스

제이컵 스미스 (스니거스) (모두 상선의 선원들.)

클레시의 첫 번째 사제

클레시의 두 번째 사제

클레시의 세 번째 사제

클레시

✝ 어느 여인숙의 하룻밤 ✝

〔막이 열리면 여인숙의 어느 방이 나타난다.〕

〔스니거스와 빌이 이야기하고 있다. 멋쟁이는 신문을 읽고 있다. 앨버트는 조금 떨어져 앉아 있다.〕

스니거스  저 친구, 무슨 생각인 걸까? 궁금하군.

빌  나도 몰라.

스니거스  우리를 얼마나 더 여기 잡아 두려는 거지?

빌  우린 벌써 사흘째 여기 머무르고 있어.

스니거스  그런데 사람은 한 명도 못 봤어.

빌  게다가 저 친구가 술집을 빌려서 우리 돈도 꽤 많이 깨졌지.

스니거스  술집을 얼마나 오래 빌린 거지?

빌  저 친구 하는 일은 알 수 없잖아.

스니거스  여긴 쓸쓸하군.

빌  술집을 얼마나 오래 빌린 거야, 멋쟁이?

　〔멋쟁이는 계속해서 스포츠 신문을 읽으면서, 주위에서 무슨 말을 하건 신경 쓰지 않는다.〕

스니거스  저 친구 정말로 멋있는 척한다니까.

빌  그래도 똑똑하긴 해, 그건 틀림없지.

스니거스  저렇게 똑똑한 것들이 일을 망친다고. 계획은 똑똑하게 세울지 몰라도 일을 안 하니까, 결국에는 자네나 나보다 일을 훨씬 더 엉망으로 만든다구.

빌  글쎄…….

스니거스  난 여기가 마음에 안 들어.

빌  왜?

스니거스  모양새가 마음에 안 들어.

빌  멋쟁이는 검둥이들이 우릴 못 찾게 하려고 우릴 여기 붙잡아 두는 거야. 우리를 그렇게 쫓아다닌 그 세 명의 이교도 사제들로부터 우릴 보호하려고. 그래도 나가서 루비를 팔고 싶어.

앨버트  그건 이유가 안 돼.

빌  왜 안 되지, 앨버트?

앨버트  내가 헐에서 그 검은 악마들을 따돌리고 도망쳤거든.

빌  따돌리고 도망쳤다고, 앨버트?

앨버트  따돌렸어, 세 명 모두. 이마에 금빛 점을 찍은 그 친구들을 말이야. 그때는 내가 루비를 가지고 있었고, 헐에서 그들을 따돌리고 도망쳤어.

빌  어떻게 그렇게 했지, 앨버트?

앨버트  내가 루비를 가지고 있었고 그들이 나를 따라왔는데······.

빌  그들이 어떻게 네가 루비를 가졌다는 걸 알았는데? 네가 보여 준 거 아냐?

앨버트  아냐······. 하지만 그냥 알더라고.

스니거스  그냥 알았다고, 앨버트?

앨버트  그래, 내가 루비를 가졌다는 걸 그냥 알더라고. 그들이 내 뒤를 살금살금 따라와서 나는 수상한 자들이 따라온다고 경찰한테 말했어. 그러자 그 경찰이, 저 사람들은 그냥 가난한 검둥이들일 뿐이니 날 해치진 않을 거라고 했지. 그 말을 듣자 예전에 그들이 몰타에서 불쌍한 우리 친구 짐에게 무슨 짓을 했는지가 떠올랐어.

빌  그래, 그리고 우리가 이 일을 시작하기 전에 뭄바이의 조지도 그들에게 당했지.

스니거스  맞아!

빌  왜 그들을 경찰에 넘기지 않았어?

앨버트  루비가 지금 어떻게 됐지, 빌?

빌  아!

앨버트  그러니까, 난 그 일을 잘 해냈다고. 나는 헛을 통해서 왔다 갔다 했어. 꽤나 천천히 걸었지. 그러다가 모퉁이에서 꺾어져서 뛰었어. 가끔은 그들을 속이기 위해서 모퉁이를 그냥 지나치기도 했어. 그러고는 산토끼처럼 이쪽저쪽으로 뛰었지. 그러다가 앉아서 기다렸어. 사제들은 오지 않았어.

스니거스  뭐라고?

앨버트  얼굴에 금빛 점을 찍은 이교도의 검은 악마들이 오지 않았다고. 내가 따돌린 거야.

빌  잘했어, 앨버트.

스니거스  〔만족스러운 한숨을 쉰 후〕 왜 우리한테 그 일을 말하지 않았어?

앨버트  멋쟁이가 말을 못하게 했거든. 저 친구는 우리를 얼간이라고 생각하고, 모든 걸 자기 방식대로 처리하려고 해. 하지만 언제나 그들을 따돌린 건 나라구. 예전에는 멋쟁이가 칼을 휘두르고 다녔을지 몰라도, 헐에서 그들을 따돌린 건 바로 나야.

빌  잘했어, 앨버트.

스니거스  이 말 들려, 멋쟁이? 앨버트가 그들을 따돌렸대.

멋쟁이  그래, 들려.

스니거스  그래서, 여기에 대해서 뭐 할 말 없나?

멋쟁이  오…… 잘했어, 앨버트.

앨버트  그래서 자네는 뭘 할 건데?

멋쟁이  기다려야지.

앨버트  뭘 기다리는지 모르는 것 같은데.

스니거스  여긴 고약한 곳이야.

앨버트  이건 바보 같은 짓이야, 빌. 우리는 돈이 없으니 루비를 팔아야 해. 도시로 가자고.

빌  하지만 멋쟁이가 안 가려고 하잖아.

앨버트  그럼 두고 가.

스니거스  헐 근처에만 가지 않으면 괜찮을 거야.

앨버트  런던으로 가자.

빌  하지만 멋쟁이도 자기 몫을 받아야지.

스니거스  좋아. 하지만 우린 가야 해. 〔멋쟁이에게〕 우린 갈 거야. 듣고 있나? 루비를 줘.

멋쟁이  물론이지.

　〔그는 조끼 주머니에서 루비를 꺼내 그들에게 준다. 작은 암

닭이 낳은 달걀 정도 크기이다.〕

　〔그는 계속해서 신문을 읽는다.〕

앨버트　가자, 스니거스.

　〔앨버트와 스니거스 퇴장.〕

빌　잘 있게, 오랜 친구. 자네한테도 공평하게 자네 몫을 주겠지
만, 여기엔 할 일이 아무것도 없어. 여자도 없고, 파티도 없어.
그리고 우리는 루비를 팔아야만 해.

멋쟁이　난 바보가 아냐, 빌.

빌　그럼, 그럼, 물론이지. 자넨 바보가 아니고, 우리를 많이 도
와줬어. 잘 있게. 잘 가라고 해줄 거지?

멋쟁이　아, 그래. 잘 가게.

　〔멋쟁이는 여전히 신문을 읽는다. 빌 퇴장.〕

〔멋쟁이는 자기 옆의 탁자에 권총을 꺼내 놓고 계속 신문을 읽는다.〕

스니거스 〔숨을 헐떡인다.〕 우리 돌아왔어, 멋쟁이.

멋쟁이 그렇군.

앨버트 멋쟁이…… 저들이 어떻게 여기까지 왔지?

멋쟁이 걸어왔겠지.

앨버트 하지만 80마일이나 되잖아.

스니거스 저들이 여기 온 걸 알고 있었나, 멋쟁이?

멋쟁이 지금쯤 올 거라고 예상했지.

앨버트 80마일인데.

빌 멋쟁이, 이봐 친구…… 우리는 어쩌면 좋겠나?

멋쟁이  앨버트에게 물어봐.

빌  저들이 이런 일도 할 수 있다면 우리를 구해 줄 사람은 자네밖에 없어, 멋쟁이. 난 자네가 똑똑하다는 걸 언제나 알고 있었다고. 더 이상 바보짓 하지 않고 자네 말을 듣겠어.

멋쟁이  자네들도 충분히 강하고 용감해. 우상의 머리에서 루비눈을 훔칠 배짱이 있는 사람은 많지 않아. 그것도 무시무시한 밤에 무시무시한 우상의 눈을 뺀 거잖아. 자네들은 충분히 용감해, 빌. 하지만 자네들은 셋 다 바보야. 짐은 내 계획을 절대로 따르려 하지 않더니 지금은 어디로 갔지? 그리고 조지도. 저들이 조지를 어떻게 했지?

스니거스  알아들었어, 멋쟁이!

멋쟁이  뭐 그렇다면, 자네는 힘센 놈보다는 똑똑한 놈을 원한단 말이지? 안 그러면 조지나 짐처럼 당할 테니까.

모두  맞아!

멋쟁이  저 흑인 사제들은 우상의 눈을 되찾을 때까지 세상을 빙

빙 돌면서 몇 년이고 자네들을 따라다닐 거야. 우리가 그걸 가지고 죽으면 우리 손자들까지 쫓아다닐 거야. 그런데 저 바보는 헐시에서 거리 세 개를 무사히 건넜다고 그 끔찍한 놈들을 따돌렸다고 생각해.

앨버트  하느님께 맹세코, 우리는 저들을 따돌리지 못했어. 여기까지 따라왔잖아.

멋쟁이  나는 예상했지.

앨버트  예상했다고?

멋쟁이  신문 사교면에 광고까지 내진 않았지만, 저들을 맞이하기 위해서 이 시골 술집에 자리를 잡은 거야. 이곳은 루비를 파묻기에도 적당한 곳이야. 가장 중요한 건 이곳이 아주 조용한 동네라는 거야. 그래서 지금 내가 이 오후에 내 집에서처럼 편안하게 저들을 맞을 수 있는 거지.

빌  자네는 정말 생각이 깊군.

멋쟁이  그러니까 자네의 죽음을 막아 줄 수 있는 건 내 지략뿐이라는 걸 명심하고, 교육받은 신사의 계획 앞에 자네의 헛된 생각을 늘어놓지 말라고.

앨버트  자네가 신사라면, 우리 같은 것들 대신 왜 신사들과 함께 지내지 않나?

멋쟁이  왜냐하면 나는 그들에 비해서나 자네들에 비해서나 너무 똑똑하거든.

앨버트  그들에 비해서도 똑똑하다고?

멋쟁이  난 평생 카드 게임에서 진 적이 없어.

빌  진 적이 없다고?

멋쟁이  돈이 걸린 한 진 적이 없지.

빌  그래, 대단하군.

멋쟁이  포커 한 판 하겠나?

모두  아니, 됐네.

멋쟁이  그럼 시키는 대로 해.

빌  알았어, 멋쟁이.

스니거스  나 방금 뭔가 봤어. 커튼을 치는 편이 낫지 않을까?

멋쟁이  안 돼.

스니거스  뭐?

멋쟁이  커튼 치지 마.

스니거스  오, 알았어.

빌  하지만 멋쟁이, 그들이 우리를 볼 수 있잖아. 적을 이렇게 하
도록 내버려 두면 안 돼. 난 왜 이렇게 해야 하는지 모르겠
어…….

멋쟁이  그래, 당연히 모르겠지.

빌  오, 알았어, 멋쟁이.

　　〔모두 권총을 꺼내기 시작한다.〕

멋쟁이 〔자기 권총을 집어넣으며〕 부탁인데, 권총은 안 돼.

앨버트  왜 안 돼?

멋쟁이  내 파티에서 큰 소리가 나는 건 싫으니까. 초대하지 않은
손님이 올지도 몰라. '칼'은 문제가 다르지만.

　　〔모두 칼을 꺼낸다. 멋쟁이가 아직 꺼내지 말라고 신호한다.
멋쟁이는 이미 루비를 돌려받은 상태다.〕

빌  그들이 오는 것 같아, 멋쟁이.

멋쟁이  아직 아냐.

앨버트  언제 올까?

멋쟁이  내가 그들을 맞이할 준비가 다 됐을 때. 그 전엔 아냐.

스니거스  이 일이 빨리 끝났으면 좋겠어.

멋쟁이  그래? 그럼 지금 맞이하도록 하지.

스니거스  지금?

멋쟁이  그래. 내 말 잘 들어. 내가 하는 대로 따라서 해. 자네들 모두 밖으로 나가는 척해. 내가 어떻게 하는지 보여 줄 테니. 내가 루비를 가지고 있으니, 내가 혼자 있는 걸 보면 그들은 이 우상의 눈을 찾으러 올 거야.

빌  우리 중에 누가 루비를 가졌는지 저들이 어떻게 알지?

멋쟁이  솔직히 그 이유는 나도 모르겠어. 하지만, 저들은 아는 것 같아.

스니거스  저들이 들어오면 자네는 어떻게 할 건데?

멋쟁이  아무것도 안 할 거야.

스니거스  뭐?

멋쟁이  저들은 내 뒤로 몰래 숨어들 거야. 그러면 자네들이 할 수 있는 일을 하면 돼.

빌  좋아, 멋쟁이. 우리를 믿어.

멋쟁이  자네들이 조금만 느리게 행동해도 짐이 죽음을 맞이했을 때와 같은 광경을 보게 될 거야.

스니거스  그렇게 말하지 마, 멋쟁이. 우린 제대로 할 거야.

멋쟁이  좋아. 그럼 나를 잘 봐.

〔그는 창문을 지나쳐서 무대 오른쪽에 있는 문으로 간다. 그 문을 안쪽으로 열어, 열린 문 뒤편으로 들어가 몸을 가리고 소리 없이 무릎을 꿇는다. 그렇게 하여 안에 있으면서도 밖에서 보면 나간 것처럼 보이게 한다. 그는 동료들이 상황을 이해했는지 확인하고는, 다시 제자리로 돌아온다.〕

자, 이제 나는 창문에 등을 돌리고 앉을 거야. 자네들은 방금 내가 했듯이 열린 문 뒤로 숨어. 안전을 기려면 몸을 아주 낮춰야 해. 저들이 창문으로 자네들을 보면 안 되니까.

〔빌이 가짜로 나가는 척한다.〕

멋쟁이  명심해, 권총은 안 돼. 경찰이 오면 속담에 나오는 내로
꼬치꼬치 캐물을 테니까.


〔다른 두 사람도 빌의 뒤를 따른다. 이제 세 명 모두 오른쪽
에 있는 열린 문 뒤편에 웅크리고 있다. 멋쟁이가 루비를 자기
옆의 탁자에 놓는다. 그는 담배에 불을 붙인다.〕


〔뒤쪽의 창문이 너무나 천천히 열려서 언제부터 열리기 시작
했는지 정확히 알 수 없다. 멋쟁이가 신문을 집어 든다.〕


〔인도 출신 남자가 의자로 몸을 가리며 바닥을 아주 천천히
기어 온다. 그는 멋쟁이가 있는 왼쪽으로 움직인다. 세 명의 동
료들은 오른쪽에 있다. 스니거스와 앨버트가 튀어 나가려고 앞
으로 몸을 기울이자 빌이 팔로 그들을 막는다. 안락의자가 인도
인의 시야로부터 그들을 가려 주고 있다. 검은 사제는 멋쟁이에
게 다가간다.〕


〔빌은 누가 더 오나 살펴본다. 그러고 나서 그는 혼자서 앞으
로 뛰어나가(그는 장화를 벗은 상태였다) 칼로 사제를 찌른다.〕

〔사제는 비명을 지르려 하지만 빌의 왼손이 그의 입을 막는다.〕


〔멋쟁이는 계속 스포츠 신문을 읽고 있다. 그는 한 번도 주위를 돌아보지 않는다.〕


빌 〔작은 소리로〕 이제 한 명 남았어. 멋쟁이. 이제 어떻게 할까?


멋쟁이 〔고개를 돌리지 않고〕 한 명 남았다고?


빌 그래.


멋쟁이 잠깐 기다려. 생각 좀 하게. 〔여전히 겉보기에는 신문에 집중하는 듯하다.〕 아, 알겠어. 일단은 돌아가 있어, 빌. 다른 손님을 끌어들여야지. 자, 준비됐나?


빌 그래.


멋쟁이 좋아. 자네는 지금부터 내가 요크셔 자택에서 죽음을 맞이하는 걸 보게 될 거야. 자네가 내 대신 손님을 맞이해야 해. 〔그는 창문 밖에서 환히 보이도록 뛰어올라 양팔을 쳐들어 보이고는 죽은 사제 근처의 바닥으로 넘어진다.〕 자 이제 준비해.

〔그는 눈을 감는다.〕

〔긴 침묵이 흐른다. 뒷 창문이 다시금 아주, 아주 천천히 열린다. 또 다른 사제가 그 창문을 넘어 들어온다. 이마에 금빛 점이 세 개 찍혀 있다. 그는 주위를 둘러본 후에, 죽은 동료 옆으로 기어가서 그를 돌려 눕히고는 꽉 움켜쥔 양손을 하나씩 들여다본다. 그런 후에 그는 드러누워 있는 멋쟁이를 발견한다. 그는 멋쟁이를 향해 기어간다. 빌이 그의 뒤로 숨어들어 다른 사제에게 했듯이 왼손으로 입을 막고 칼로 찌른다.〕

빌 〔작은 소리로〕 두 명 해치웠어, 멋쟁이.

멋쟁이 아직 한 명 더 있어.

빌 어떻게 하지?

멋쟁이 〔일어나 앉으며〕 흠.

빌 이 방법이 최선이야.

멋쟁이 절대로 안 돼. 같은 게임을 두 번 해선 안 돼.

빌  왜 안 되는데, 멋쟁이?

멋쟁이  그렇게 하면 효과가 없어.

빌  그럼?

멋쟁이  나한테 생각이 있어. 앨버트, 이제 자네가 이쪽으로 와.

앨버트  어떻게 해야 되는데?

멋쟁이  이리 달려와서 창가에서 이 두 사람과 싸움을 벌여.

앨버트  하지만 그들은…….

멋쟁이  그래, 그들은 죽었어, 나의 영리한 친구 앨버트. 하지만 빌과 내가 그들을 도로 살려 낼 거야. 시작하지.

〔빌이 시체의 팔 아래를 잡고 들어 올린다.〕

잘했어, 빌. 〔그러자 앨버트도 와서 똑같이 한다.〕 너도 도와 줘, 스니거스…… 〔스니거스가 온다.〕 몸을 숙여, 숙이라고. 그리고 이 시체들의 팔을 휘둘러. 스니거스. 자네 몸이 보이지 않도록 조심하면서. 자, 앨버트, 자네는 넘어져. 우리의 앨버트는 살해당했어. 물러서, 빌. 물러나라고, 스니거스. 앨버트, 너는 적이 올 때까지 움직여선 안 돼. 꼼짝도 하지 마.

〔창문에 어떤 얼굴이 나타나더니 한동안 그대로 있었다. 세 번째 사제였다. 그는 능숙하게 사방을 둘러본 다음 창문을 넘어 들어와 동료들의 시체를 들여다본다. 그러더니 뭔가 의심쩍은 듯 바닥에 떨어져 있는 두 개의 칼을 양손에 하나씩 들더니 벽에 등을 댄다. 그러고는 좌우를 둘러본다.〕

멋쟁이  지금이야, 빌.

〔그 마지막 사제는 문을 향해 도망치려 했지만, 멋쟁이가 그를 뒤에서 칼로 찌른다.〕

멋쟁이  하루의 일을 잘 마무리했군, 친구들.

빌  잘했어, 멋쟁이. 오, 자넨 생각이 깊어.

앨버트  생각이 깊은 사람들 중에서도 최고야.

스니거스  빌, 이젠 더 이상 없지? 안 그래?

멋쟁이  이 세상엔 더 없다네, 친구.

빌  그래, 저게 전부야. 사원에는 세 명밖에 없었어. 사제 세 명과 그 짐승 같은 우상뿐이었어.

앨버트  값이 얼마나 나갈까, 멋쟁이? 1천 파운드쯤 나갈까?

멋쟁이  가게의 모든 것을 합친 만큼 값이 나가지. 우리가 달라고 하는 만큼 받을 수 있을 거야.

앨버트  그럼 우린 이제 백만장자로군.

멋쟁이  그래, 게다가 우리에겐 돈을 물려줄 사람도 없어.

빌  지금 당장 팔아야 해.

앨버트  그건 쉽지 않을걸. 유감스럽게도 우리가 가진 보석은 작지도 않고 여섯 개나 되잖아. 그 우상이 더는 안 가지고 있던가?

빌  온통 녹색인 그 우상의 눈은 이것 하나뿐이었어. 이마 한가운데 박혀 있는 그 눈은, 세상 그 무엇보다 못생겼었어.

스니거스  우리 모두 멋쟁이에게 감사하자.

빌  물론 그래야지.

앨버트  멋쟁이가 아니었더라면……

빌  그래, 우리의 오랜 친구 멋쟁이가 아니었더라면……

스니거스  그는 생각이 깊어.

멋쟁이  이제야 알겠나? 나는 앞날을 예견하는 능력을 가졌다니까.

스니거스  내 생각에도 그런 것 같아.

빌  우리 멋쟁이가 예견하지 못하는 일은 아무것도 없어. 맞지, 멋쟁이?

멋쟁이  내 생각에도 그런 것 같네, 빌.

빌  우리의 오랜 친구 멋쟁이에게 인생은 그저 수월한 카드 게임일 뿐이야.

멋쟁이  그래, 우린 적들을 속임수로 해치운 거야.

스니거스〔창문으로 가며〕 누구도 이 시체들을 보게 해선 안 돼.

멋쟁이  아무도 이쪽으로는 오지 않아. 우리는 황무지에 외따로 떨어져 있어.

빌  저들을 어디에 두지?

멋쟁이  지하실에 묻어, 하지만 서두를 건 없어.

빌  그리고 나선 어떻게 하나, 멋쟁이?

멋쟁이  당연히 그 뒤엔 런던으로 가서 루비 거래에 파란을 일으키는 거지. 우린 정말로 이번 일을 아주 매끈하게 해낸 거야.

빌  우선 이 늙은 멋쟁이에게 저녁밥을 좀 먹이자구. 이 친구들은 오늘 밤에 파묻고.

앨버트  그래, 그러자.

스니거스  그렇게 해야지.

빌  우리 모두 멋쟁이의 건강을 위해 축배를 들지.

앨버트  좋은 친구 멋쟁이.

스니거스  멋쟁이는 장군이나 총리가 되었어야 해.

　〔그들은 찬장에서 술병 등을 꺼낸다.〕

멋쟁이  우리는 저녁거리를 벌었어.

　〔그들은 자리에 앉는다.〕

빌  〔술잔을 손에 들고〕 모든 것을 예측하는 오랜 친구 멋쟁이에게!

앨버트와 스니거스  좋은 친구 멋쟁이!

빌  우리 목숨을 구하고 떼돈을 벌게 해준 멋쟁이!

앨버트와 스니거스  건배. 건배.

멋쟁이  그럼 나도 오늘 밤 내 목숨을 두 번 구한 빌에게 건배!

빌  자네의 똑똑한 계획이 아니었다면 그러지 못했을 거야, 멋쟁이.

스니거스  건배, 건배. 건배, 건배.

앨버트  그는 모든 걸 예측한다니까.

빌  연설해, 멋쟁이. 우리 장군님이 연설하신다.

모두  그래, 연설해.

스니거스  연설해.

멋쟁이  그럼 물 좀 갖다 주게. 이 위스키는 너무 독해서 머리가 멍해. 그리고 나는 적들이 안전하게 지하실에 묻힐 때까진 머리를 맑게 유지해야 해.

빌  물. 그래, 물론이지. 멋쟁이에게 물 좀 가져다줘, 스니거스.

스니거스  여긴 수도가 없어. 어디서 물을 가져오지?

빌  밖의 정원에서.

　〔스니거스 퇴장.〕

앨버트  떼돈을 위해 건배. 〔모두 마신다.〕

빌  귀족 앨버트 토머스 나으리를 위하여. 〔마신다.〕

멋쟁이  귀족 앨버트 토머스 나으리. 〔마신다.〕

앨버트  그리고 윌리엄 존스 나으리.

멋쟁이  윌리엄 존스 나으리. 〔멋쟁이와 앨버트, 마신다.〕

〔스니거스가 겁에 질려 등장한다.〕

멋쟁이  제이콥 스미스 나으리가, 스니거스가 다시 돌아왔어.

스니거스  멋쟁이, 그 루비를 판 돈 중에서 내 몫을 생각해 봤어. 난 그 돈을 원치 않아, 멋쟁이. 그 돈을 원치 않아.

멋쟁이  말도 안 돼, 스니거스. 말도 안 돼.

스니거스  자네가 가져, 멋쟁이. 자네가 다 가져. 스니거스는 루비엔 전혀 관심이 없다고 말해 줘, 멋쟁이.

빌  밀고자가 되려는 건가, 스니거스?

스니거스  아냐, 아냐. 루비를 원하지 않는 것뿐이야, 멋쟁이……

멋쟁이  말도 안 되는 소리 하지 말게, 스니거스. 우리 모두 함께 이 일에 참여했고, 한 사람이 목 매달리면 우리 모두 매달리는 거야. 하지만 적들은 나보다 똑똑하지 못했어. 게다가 이건 목 매달 만한 일이 아니야. 그들도 칼을 가지고 왔으니까.

스니거스  멋쟁이, 난 언제나 자네를 공정하게 대했어. 언제나 너에게 기회를 주라고 말했어. 내 몫을 가져가, 멋쟁이.

멋쟁이  무슨 일이야? 무슨 생각을 하는 거야?

스니거스  내 몫을 가져가, 멋쟁이.

멋쟁이  대답해, 무슨 속셈이야?

스니거스  내 몫을 더 이상 원하지 않을 뿐이야.

빌  경찰이라도 봤나?

〔앨버트가 칼을 꺼낸다.〕

멋쟁이  안 돼, 칼은 안 돼, 앨버트.

앨버트  그럼 어떡해?

멋쟁이  공개 법정에서 정직하게 진실을 말하고 루비의 주인을 가리는 거지. 우리는 공격당했잖아.

스니거스  경찰이 온 게 아냐.

멋쟁이  그렇다면 뭐가 문제지?

빌  털어놔.

스니거스  하느님께 맹세코…….

앨버트  그래서?

멋쟁이  말 막지 마.

스니거스  맹세코 뭔가 봤어. '꺼림칙한 것'을.

멋쟁이  꺼림칙한 것?

스니거스 〔눈물을 흘리며〕오, 멋쟁이, 멋쟁이. 내 몫을 가져. 가지겠다고 말해.

멋쟁이  이 친구, 뭘 본 거지?

〔침묵 속에서 스니거스의 흐느낌만 울린다. 잠시 후에 돌처럼 무거운 발자국 소리가 들린다.〕

〔흉측한 우상이 등장한다. 눈이 먼 그것은 손으로 앞을 더듬더니 루비를 잡고는 이마에 있는 구멍에 끼워 넣는다.〕

〔스니거스는 여전히 작은 소리로 흐느낀다. 나머지는 공포에 질려 바라본다. 우상은 더 이상 더듬지 않고 밖으로 나간다. 발걸음 소리가 멀어지다가 멈춘다.〕

멋쟁이　오 위대하신 하느님!

앨버트　〔어린애처럼 칭얼거리는 목소리로〕 저게 뭐야, 멋쟁이?

빌　앨버트, 저건 그 추악한 우상이야. 〔속삭이는 소리로〕 인도에서 온 거라고.

앨버트　가버렸어.

빌　자기 눈을 가져갔어.

스니거스  우린 목숨을 건졌어.

멀리서 어떤 목소리  [이국풍의 발음으로] 위일리엄 조온스 씨이,
유능한 선원.

　[멋쟁이는 한마디도 하지 않고 움직이지도 않는다. 공포에
질려 멍청하게 바라볼 뿐이다.]

빌  앨버트, 앨버트, 이게 뭐지?

　[그는 일어서서 나가 버린다. 신음 소리가 한 번 들린다. 스
니거스가 창가로 다가가더니, 진저리를 치며 뒤로 넘어진다.]

앨버트  [속삭이는 소리로] 무슨 일이 일어난 거야?

스니거스  내가 봤어. 내가 봤어. 오, 내가 봐버렸어. [그는 식탁으
로 돌아온다.]

멋쟁이  [스니거스의 팔에 아주 부드럽게 손을 올려놓으며, 작은
소리로 붙임성 있게 말한다] 뭐였어, 스니거스?

스니거스   내가 봐버렸어.

앨버트   뭘?

스니거스   오.

목소리   애앨버트 토오머스 씨이, 유능한 선원.

앨버트   나, 가야 돼? 가야 되는 거야, 멋쟁이?

스니거스   〔그를 붙잡으며〕 움직이지 마.

앨버트   〔나가며〕 멋쟁이, 멋쟁이. 〔퇴장〕

목소리   제에이컵 스미스 씨이, 유능한 선원.

스니거스   난 못 가, 멋쟁이. 난 못 가. 난 못하겠어. 〔그렇지만 간
다.〕

목소리   아아널드 에에버렛 스콧 ‒ 포테스큐, 귀족 나으리, 유능
한 선원.

멋쟁이  이건 예측하지 못했는데. 〔퇴장〕

　막이 내린다.

.

# 로드 던세이니
Lord Dunsany

로드 던세이니라는 필명으로 더 많이 알려진 에드워드 존 모턴 드락스 플렁킷Edward John Moreton Drax Plunkett은 1878년 런던의 아일랜드 귀족 가문에서 태어났다. 그의 아버지는 던세이니 남작 17세였고 에드워드는 1899년 남작 지위를 이어받았다. 치임, 이튼, 샌드허스트에서 교육받았고 콜드스트림 근위대 장교로서 보어 전쟁에 참전했고 1차 대전에도 참전했다. 첫 작품《페가나의 신들*The Gods of Pegana*》(1905)을 자비로 출간했다. 그 작품을 통해 자신의 신화학과 상상의 세계를 펼쳤다. 나중에 판타지 문학이라 불리게 될 문학 장르를 개척한 것이었다. 1차 대전 시기까지 발표된 단편들도 이 첫 창작 시기에 속한다.《시간과 신들*Time and the Gods*》(1906), 《웰러렌의 검*The Sword of Welleran*》(1908), 《몽상가의 이야기*A Dreamer's Tale*》(1910), 《경이로운 책: 세상 끝에서의 작은 모험 연대기*The Book of Wonder: A Chronicle of Little Adventures at the Edge of the World*》(1912), 《51개 이야기*Fifty-One Tales*》(1915), 《마지막 경이로운 책*The Last Book of Wonder*》(1916) 등이다. 아주 짧고 단순한 이야기들이지만 정체를 알 수 없는 모호한 위협의 분위기를 띤 매력적이고 매끈한 문체의 작품이다.

1909년부터 로드 던세이니는 〈빛나는 문*The Glittering Gate*〉이라는 희곡을 집필했다. 이 작품은 예이츠의 부탁으로 더블린 애비 극장을 위해 쓰였다. 하늘로 올라가려는 두 도둑을 무대에 등장시킨 이 아주 기괴한 작품은, 부조리극을 예고했다. 그가 쓴 다른 희곡 〈아르지메네스 왕과 알려지지 않은 전사*King Argimenes and the Unknown Warrior*〉(1911), 〈산의 신들*The Gods of the Mountains*〉(1911), 〈골든 둠*The Golden Doom*〉(1912), 〈잃어버린 실크 모자*The Lost Silk Hat*〉(1913)는 첫 희곡집 《다섯 개의 희곡*Five Plays*》(1914)에 수록되었다.

두 번째 시기에는 《돈 로드리게즈: 그림자 계곡의 연대기 *Don Rodríguez: Chronicles of Shadow Valley*》(1922), 《꼬마 요정 나라 공주님*The King of Elfland's Daughter*》(1924), 《청소부 여인의 그림자*The Charwoman's Shadow*》(1926)와 같은 칼과 마법이 등장하는 소설들이 발표되었다.

세 번째 시기에는 주인공이 자신의 클럽 회원들에게 이야기를 들려주는 전형적인 영국 전통에 속하는 작품들을 썼다. 예를 들어 등장인물 조지프 조켄스가 환상과학 혹은 판타지 이야기를 풀어낸다. 이 시리즈로 《조지프 씨의 여행 이야기The Travel Tales of Mr. Joseph》(1931), 《조켄스의 아프리카 기억Jorkens Remembers Africa》(1934), 《조켄스, 큰 위스키를 가지다Jorkens Has a Large Whiskey》(1940), 《조켄스의 네 번째 책The Fourth Book of Jorkens》(1948), 《조켄스, 위스키를 또 빌리다Jorkens Borrows Another Whiskey》(1954)가 있다. 이 시리즈로 로드 던세이니는 스털링 러니어가 시작해 최근에 큰 성공을 거둔 환상문학 장르를 창시하게 된 것이다.

던세이니의 수많은 작품들 중 두 편의 공포 소설 《판의 축복The Blessing of Pan》(1927)과 《지혜로운 여인의 저주The Curse of the Wise Woman》(1933)도 중요하다. 인간의 정신이 동물의 몸으로 변하는 《딘 스폴리와의 대화My Talks with Dean Spauley》(1936)와 《폴더스 대령의 이상한 여행The Strange Journeys of Colonel Polders》(1950)도 눈에 띈다. 시집 《시 50편Fifty Poems》(1929)과 자서전 《햇살 조각들Patches of Sunlight》(1938)도 발표했다.

로드 던세이니는 자기 작품에 등장하는 인물들이나 그가 창조한 환상 세계와는 달리 지극히 귀족적인 삶을 살았다. 사냥을 즐겼고 유능한 크리켓 선수였으며 사격 챔피언에다 체스 실력도 뛰어났다. 그는 1957년 죽었다.

로드 던세이니가 좋아했던 문학 장르에 대해 짧게 언급해 보고자 한다.

## 판타지

비평가들조차 판타지라는 문학 장르를 한마디로 정의하지 못했다. 특히 프랑스에서 판타지를 정의해 보려는 많은 시도가 있었지만 혼란만 초래했다. 프랑스의 판타스티크fantastique는 판타지와 정확히 대응하지 않는다. 판타지는 공상과학소설에서 종종 사용된다. 그래서 어떤 이들은 판타지가 공상과학소설의 하위 장르라고 생각한다.

이 문제를 다루자면 츠베탕 토도로프의 《환상문학 입문》을 참조해야 한다. 토도로프는 판타지란 묘사된 사건들에 대한 초자연적인 설명과 합리적인 설명 사이에서 머뭇거리는 불명확한 지대에 있는 작품이라고 보았다.

아무튼 판타지 문학은 공상과학소설보다 훨씬 오래전에 발생한 문학이다. 베르길리우스, 초서, 아리오스토부터 18세기 이전의 모든 소설들을 이 판타지 문학과 결부시키려는 사람들도 있지만, 그것은 좀 지나친 의견인 것 같다.

나중에 판타지 문학의 전형적인 특징으로 꼽히게 될 '또 다른 세계들' 가운데 하나를 처음 창조했던 사람이 바로 로드 던세이니였다. 그 맥락 위에서 E. R. 에디슨과 제임스 브랜치 캐벌의 작품들이 나왔다. 마법이 지배하는 중세를 배경으로 한 에디슨의 《벌레 아우로보로스》(1922), 지미암비아의 상상의 세계에서 펼쳐지는 3부작 《정부 중의 정부》(1935), 《메미슨 가에서의 만찬》(1941), 《메젠티안 게이트》(1958)를 기억해 보자. 캐벌의 20권 이상 작품 배경이 된 프왁테스메 왕국을 생각해 보자. 그 가운데 《위르겐》(1919), 《은마銀馬》(1926), 《이브에 관한 것》(1927)이 있다.

오늘날의 판타지 문학의 두 거장을 꼽자면 《듄》 3부작을 쓴 미국 작가 프랭크 허버트와 이승, 요정, 정령, 호빗의 세계를 만든 영국 작가 존 로널드 톨킨이다. 경이로운 모험이 펼쳐지는 톨킨의 작품으로는 《호빗》(1937), 《반지 원정대》와 《두 개의 탑》(1954), 《왕의 귀환》(1955), 《반지의 제왕》(1968), 《실마릴리온》(1977)이 있다.

**옮긴이 정보라**

미국 인디애나대학교 슬라브어문학 박사 과정 졸업. 2008년 중편 〈호(狐)〉로 제3회 디지털작가상 모바일 부문 우수상을 수상했고, 장편 《문이 열렸다》를 발표했다. 현재 환상문학 웹진 《거울》의 필진으로 활동하고 있다. 옮긴 책으로 《거장과 마르가리타》, 《구덩이》 등이 있다.

**옮긴이 이승수**(해제, 작가 소개)

한국외국어대학교 이탈리아어학과를 졸업하고 동 대학원에서 비교문학 박사 학위를 받았다. 옮긴 책으로 《순수한 삶》, 《신부님 우리들의 신부님》, 《그날 밤의 거짓말》, 《그림자 박물관》, 《달나라에 사는 여인》, 《넌 동물이야, 비스코비츠!》 등이 있다.

# 얀 강가의 한가한 나날

초판 1쇄 발행 | 2011년 9월 19일
초판 2쇄 발행 | 2014년 1월 15일

지 은 이  로드 던세이니
옮 긴 이  정보라
디 자 인  최선영 · 장혜림

펴 낸 곳  바다출판사
발 행 인  김인호
주    소  서울시 마포구 서교동 401-1 5층
전    화  322-3885(편집), 322-3575(마케팅부)
팩    스  322-3858
E-mail  badabooks@gmail.com
홈페이지  www.badabooks.co.kr
출판등록일  1996년 5월 8일
등록번호  제 10-1288호

ISBN  978-89-5561-581-4  04840
      978-89-5561-565-4  04800(세트)